나는 보았습니다

나는 보았습니다

1판 1쇄 발행 2025. 2. 24.
1판 2쇄 발행 2025. 2. 25.

지은이 박진여

발행인 박강휘
편집 임지숙 디자인 지은혜 마케팅 김새로미 홍보 강원모
발행처 김영사
등록 1979년 5월 17일 (제406-2003-036호)
주소 경기도 파주시 문발로 197(문발동) 우편번호 10881
전화 마케팅부 031)955-3100, 편집부 031)955-3200 팩스 031)955-3111

값은 뒤표지에 있습니다.
ISBN 979-11-7332-099-6 03810

홈페이지 www.gimmyoung.com 블로그 blog.naver.com/gybook
인스타그램 instagram.com/gimmyoung 이메일 bestbook@gimmyoung.com

좋은 독자가 좋은 책을 만듭니다.
김영사는 독자 여러분의 의견에 항상 귀 기울이고 있습니다.

나는 보았습니다

삶과 죽음 그 너머의
경이로운 이야기

I have seen it

A REMARKABLE TALE BEYOND LIFE AND DEATH

박진여 지음

김영사

추천의 말

박진여 선생을 안 지도 10년 이상은 된 것 같다. 그때 나는 이미 그의 심상치 않은 능력을 알아챌 수 있었다. 당시 우리는 그와 그의 스승과 함께 영적인 문제를 광범위하게 논의하곤 했다. 이 우리에는 서울대 종교학과의 성해영 교수가 포함되는데, "박진여 선생은 전생 리딩 면에서 한국 최고다"라는 말을 스스럼없이 했다. 그러면서 우리는 박 선생에 대해 막연한 불만이 있었다. 그의 실력이라면 훨씬 더 큰 주제, 즉 우주나 지구의 역사, 그리고 인류의 종적이나 미래 등을 예언할 수 있을 뿐만 아니라, 이 말 많은 한국에 대해서도 예언자적인 입장에서 말할 수 있을 텐데 하는 아쉬움 때문이었다. 그때 우리는 박 선생이 세기의 예언자였던 미국의 에드거 케이시에 필적할 뿐만 아니라 그를 능가한다는 데에 동의했다. 케이시는 리딩에 들어갈 때 자가최면하는 시간이 꽤 걸리지만 박 선생은 바로 '트랜스' 상태에 빠져 내담자의 전생을 읽어내기 때문이었다.

그런 의미에서 이번에 우리가 바라던 문제에 대한 그의 진단과 예언이 책으로 나와 얼마나 반가웠는지 모른다. 그는 이 책에서 우주와 인류의 근원적인 문제를 다루었고 한국의 미래에 대해서도 심도 있게 파헤쳤다. 한국에 태어나는 것은 영광된 일이라는 예언은 사람들에게 많은 위안을 줄 것이다. 특히 인류의 미래에 대해서는 암울한 예측을 했는데 나도 평소에 같은 생각을 하던 터라 놀라웠다. 한 걸음 더 나아가 AI의 미래 같은 첨예한 주제나 다소 의외의 주제인 외계인까지 두루 다루고 있어 그의 식견에 다시 한번 감탄했다. 나는 이 책을 읽고 박 선생은 이제 세기적인 예언자가 될 수 있을 것이라는 느낌이 강하게 들었다. 이 책에는 이처럼 지금까지 없었던 획기적인 내용들이 실려 있어 삶의 지평을 더 넓히고 싶은 사람이라면 꼭 읽어보아야 할 것이다.

_최준식, 종교학자 · 이화여자대학교 한국학과 명예교수

의료적 유물론에 기반한 현대 의료는 인간의 죽음과 죽어가는 과정에 무지하며, 그에 대한 아무런 준비가 되어 있지 않다. 이에 수많은 병원에서 죽음을 앞둔 많은 이들이 연명 치료라는 미명하에 무력하게 기계에 의존해서 고통스럽고 외롭게 생의 소중한 마지막 시간을 보낸다. 나는 생의 마지막을 돌보는 의사로서, 죽음을 받아들이지 못한 채 처절한 공포와 고통 속에서 생을 마감하는 환자들을 매일 목도한다. 이는 삶과 죽음에 대한 철학이 부재한 현대 의료가 철학적·영적 차원에서의 죽음의 본질을 철저하게 외면한 결과다. 삶과 죽음에 대한 깊은 통찰을 제공하는 박진여 선생의 글들은 현대 과학 문명의 문제를 치유하는 강력한 해독제가 되리라 기대한다. 이 책은 과학주의의 독단적 신념과 편견을 묵묵히 견디며, 이를 넘어선 새로운 지혜를 제시한다. 어두운 밤에 세상을 밝히는 봉화처럼, 위험을 경고하는 동시에 희망의 빛을 비춘다. 저자는 이 봉화의 불꽃을 하늘 높이 들어올리는 기단基壇의 돌이 되어, 인간의 정신과 영성이 꽃피는 새로운 시대의 새벽을 열 것이다.

_조명진, 내과 완화의료 전문의 · 더럼대학교 의료인문학연구소 연구위원

칠순의 일본인 영능력자로부터 채널링을 받은 적이 있다. 우주의 어떤 존재로부터 미래에 대한 정보를 전달받는 채널링은 그날 이후 놀랄 만큼 흡사하게 내 삶에서 일어나는 사건 위로 겹쳐졌다. 이런 영적 능력에 대해 뇌과학자들은 그 역시 뇌 속에서 일어나는 환상이라 평할지 모르겠지만, 전생을 리딩하는 박진여 선생 역시 내가 만났던 특별한 영능력자 중 한 분이다. 몇 해 전 책을 읽고 그녀를 만난 나는 맑고 투명한 오라에 싸인 채 타인의 전생을 직관하는 그녀를 커다란 신뢰로 바라본 적이 있다. 흥미롭지 않은가? 이 시대를 살고 있는 우리 주변 인물의 전생이 역사적인 인물과 연결되어 예수 그리스도가 설교하는 현장이나 소크라테스나 피타고라스 같은 철학자들이 생존하던 공간 속에서 재현되는 일이. 마치 영화나 동영상의 한 장면처럼 이 책의 저자는 내담자의 전생을 그녀만의 리딩을 통해 생생하게 재현해낸다. 놀랍고 신비한 일이다. 25년 동안 무려 25,000건의 전생을 리딩한 저자의 경험과 능력은 정신적인 갈등과 고통으로 어렵게 살아가는 현대인에게 치유의 길을 일러주고 있으니, 그녀의 말처럼 이 책은 "사랑과 헌신의 실천은 자신 명의로 된 영혼의 은행에 엄청난 저축을 해놓는 것"과 같을 것이다.

_김재진, 시인 · 전 〈현대불교신문〉 대표

참 고마운 일이다. 그녀의 이 책은 영적인 의미에서 보면 탄트라tantra의 한 방편이다. 고통과 혼돈, 그리고 왜곡된 삶 속에서 헤매는 이들에게 전생을 읽어주는 방편을 들고 겸손하게 빛을 전해주는 그녀가, 한국인으로서 이 땅에 함께 있다는 것이 참으로 경이롭고 고마운 일이다. 그녀는 고도의 집중을 통해, '집중 없는' 리딩으로, 많은 이들의 아픔의 조각들을 찾아내 그 연유와 원인을 담백하게 전해준다. 그녀가 가진 영적 재능은 세계적으로도 보기 드물 것이다. 그런 그녀가 우리 곁에 있다는 사실이 얼마나 큰 축복인지 모른다. 마음공부를 시작하려는 이들, 여러 곳을 기웃거리며 길을 찾으려 했지만 여전히 혼돈 속에 머물러 있는 이들에게 나는 주저 없이 그녀를 찾아가보라고 권한다. 늦었다고 생각하지 말고, 지금이라도 시작하면 된다. 영적 시스템의 한 부분을 조명하고 있는 이 책은 이 시대에 큰 역할을 할 것이다. 우리에게 위로와 사랑이 되어줄 것이다.

_문진희, 명상가 · 한국하트풀니스명상협회 회장

'치유란 무엇인가?'라는 질문에 《동의보감》은 이렇게 답한다. "환자로 하여금 망상을 거두게 하고, 살면서 지은 잘못을 뉘우치게 하라. 이렇게 오래 닦으면 삶과 죽음이 꿈이란 걸 알게 되는 깨끗한 마음자리로 들어가게 되니, 병은 스스로 물러난다. 이것이 병을 치료하는 성인聖人의 큰 법이다." 약의 왕藥王 손사막 선생의 1,400년 전 지혜를 인용한 것이다. 이 책을 읽으면 그 치유되는 마음자리에 닿게 된다. 어리석고 괴로워서 차마 들춰보지 못했던 지난날의 실수들이 이해되고 그럴 수밖에 없었던 우리가 용서된다. 임상에서 한의학과 치료법이 벽을 만나는 경우도 마찬가지다. 이때 박진여 선생 책을 소개하면 환자의 마음이 열려서 좋은 치료로 이어질 수 있었다. 첨단 의학기술이 발전할수록 우리의 가슴은 가만히 어루만지는 따뜻한 손길이 필요하다. 이 책은 저자가 자신을 땔감 삼아 사랑이라는 가마에서 오래도록 정성껏 고아낸 명약이다. 사회와 지구를 치유하고 미래의 후손들을 살릴 소중한 보약이다. 오래된 사랑 노래에 우리 가슴이 설레어 다 함께 화답할 것이다.

_김주안 · 박진우, 한의학박사 · 다함한의원 원장

차례

일러두기

- 이 책의 《성경》 인용은 '개역개정 성서'의 내용을 기준으로 삼았다.
- 실제 리딩 사례는 본문과 구분하고 강조하기 위해 고딕 서체를 사용했다.
- 인명·지명은 국립국어원 외래어표기법을 기준으로 하되, 일부는 관용적 표기를 따랐다.
- 이 책의 내용은 저자가 리딩을 통해 보고 깨달은 것을 바탕으로 하였으며, 독자의 이해를 돕기 위해 다양한 문헌과 사례를 인용했다.

여는글

인생이라는 여행의 목적을 찾아서

"인생에서 가장 중요한 두 날은,
태어난 날과 태어난 이유를 깨닫는 날이다."
_마크 트웨인, 미국의 소설가

사람들은 대개 자신이 왜 이 세상에 태어났는지 그 이유에 대해 깊이 생각하지 않고 그냥 살아갑니다. 자신이 원하는 삶을 살고 있다면 문제는 없지요. 그러나 어떤 이는 큰 우여곡절 없이 행복하게 잘 살고, 어떤 이는 갖은 고생을 하면서 불행하게 살다 죽습니다. 만약 우리의 삶이 단 한 번 주어진 것이라면, 억울하고 원통할 사람들이 얼마나 많을까요? 사람들은 모두가 인생 앞에서 평등하다고 말하지만, 행복한 사람과 불행한 사람의 차이를 어떻게 설명할 수 있을까요?

우리는 어디에서 출발해서 어디에 도착하는지 알지 못한 채 인생이라는 여행길에 오릅니다. 만약 우리가 겨울 나라에 여행을 떠난다는 것을 안다면, 그에 맞춰 대비할 수 있을 것입니다. 추위를 이겨낼 두꺼운 옷을 챙기고, 따뜻한 음식을 준비할 수 있지요. 하지만 목적지를 알고 떠나더라도 여정이 결코 쉬운 것은 아닙니다. 가는 도중에 착오와 어려움, 고단함을 겪게 되고, 이를 이겨내야 합니다. 이런 경험들을 잘 이해하고 받아들일 수 있도록 여러 종교 경전에서는 '뿌린 대로 거두고, 지은 대로 되받는다'고 가르칩니다. 그러나 우리는 이 세상에 태어날 때 무엇을 잘했고, 무엇을 잘 못했는지 알지 못하기에 이 말이 막연하게 들릴 수밖에 없습니다.

저는 25년 넘게 전생 리딩을 통해 사람들에게 그들이 태어난 이유와 목적을 알려주고 있습니다. 현생의 여행길을 안내하여 무사히 종착지에 도착할 수 있도록 돕고 있지요. 태어난 이유와 목적을 알아야 삶이라는 여행길을 잘 마칠 수 있기 때문입니다.

저에게 이런 특별한 재능이 있음을 알게 된 것은 학창 시절 병원에서 임상병리사로 일하면서였습니다. 환자의 혈액 검체에서 건강 상태와 이후의 운명에 대한 느낌이 전해졌고, 그들이 왜 병에 걸렸는지에 대해 막연하게나마 짐작할 수 있었던 것입니다. 대부분의 경우, 제 예감은 그들의 임종 시점과 일치했습니다. 저는 그때마다 이유를 알 수 없는 깊은 슬픔에 빠지곤 했습니다. 그 감정은 아마도 이 세상을 떠나야 하는 사람의 두렵고 외로운 마음에서 비롯된 것 같습니다.

어떤 이의 죽음 후, 그 영혼이 가는 길을 따라가보면, 선한 삶을 살았던 사람의 영혼은 죽음의 순간에 밝은 빛이 마중 나옵니다. 그러나 반대의 삶을 살았던 영혼은 어둠 속에서 길을 잃고 방황합니다. 당시 이러한 체험은 저를 매우 혼란스럽게 했지만, 제가 다른 사람의 전생을 보고 읽어낼 수 있는 재능이 있음을 깨닫게 해주었습니다. 이후 지금의 스승을 만나 본격적인 가르침을 받고, 기도와 명상 수행을 통해 타인의 전생 정보를 읽어내고 현생과의 연관성을 풀어내는 방식의 리딩이 가능해졌습니다.

저는 지구별에서 어느 낯선 간이역을 지키는 역장일 수도 있습니다. 저는 푸른 깃발과 붉은 깃발을 흔드는 안내자입니다. 기차가 지나갈 때면 길목에 서서, 지나가는 기차에 깃발을 흔들어 안전함을 알리거나, 위험하니 서행하라고 신호를 보내는 것입니다. 이렇듯 리딩을 통해 사람들에게 전생에서 무엇을 잘했고 무엇을 잘못했는지 살펴보게 하고, 이를 바탕으로 각자의 인생 여정을 받아들이면 무사히 종착지에 도착할 수 있다고 알려줍니다.

지구별에서의 여행은 우리가 어떤 경험을 하든 크나큰 은혜와 기회의 시간입니다. 왜냐하면, 이 여행을 잘 마치면 불교에서 말하는 생사윤회에서 벗어날 수 있고, 고대 그리스의 철학자 플라톤의 가르침대로 영생의 천국인 고향별로 돌아갈 수 있기 때문입니다.

이 책을 읽고 동의하지 않는 사람들도 많을 것입니다. 어쩌면 당연한 일입니다. 저는 이 책을 수정하거나 고칠 수 없는 진실에 대한 보고서로 독자들에게 내놓는 것이 아닙니다. 이 책은 많은 내담자의 리딩을 통해 제가 본 또 다른 차원의 장면들(과거생과 미래생)에 대한 이야기입니다.

제가 하는 '전생 리딩'은 과학적으로 설명할 수도, 증명할 수도 없습니다. 어떤 사람들은 전생 리딩에 대해 허공에 소설 쓴다며 불편해하기도 합니다. 솔직히 말해, 저 역시 전생 리딩의 원리와 이치를 정확히 알지 못합니다. 저는 그저 눈을 감으면 보이는 장면과 풍경을 말할 뿐입니다. 높은 산이 아닌 낮은 언덕에서 아래 장면들을 본 그대로 설명하는 것입니다. 너무 높은 산에 오르면 산 아래 동네의 모습이 자세히 보이지 않듯, 저는 리딩을 할 때 영적 의식을 아주 높은 곳까지 비상飛上시키지는 않습니다. 대신 낮은 산언덕에서 한눈에 내려다본 풍경들을 말로 옮겨 어떻게 표현하고 설명할지를 정리합니다.

어떤 사람들은 제가 말하는 것들이 실제로 있었던 일인지 궁금해합니다. 검증을 통해 사실 여부를 확인할 수 있는지를 우려하는 사람도 있지요. 그러나 역사적 기록이나 오래된 문헌, 역사학자나 신학자의 글에서, 또는 어느 작가의 글에서 저의 이야기와 겹치는 부분을 발견할 수 있습니다. 이는 마치 물이 얼음이나 눈으로 변하듯, 하나의 개체가 다른 형태로 변화하는 것일 뿐, 결국 같은 근원에서 시작된다고 저는 생각합니다.

과학의 역사가 항상 옳았던 것은 아닙니다. 오늘날 우리가 알고 있는 사실들이 과거에는 인간의 편견이나 한정된 지식에 의해 배척되거나 허위로 매도된 사례가 종종 있었습니다. 예를 들어, 19세기 후반 미국의 유명한 천문학자 사이먼 뉴컴Simon Newcomb(1835~1909)은 공기보다 무거운 기계는 하늘을 날 수 없다는 것을 수학적으로 증명했습니다. 그러나 지금 우리는 비행기를 타고 하늘을 날고 있습니다. 19세기 말 프랑스 의학계는 생화학자 파스퇴르의 업적을 배척했고, 뢴트겐 광선의 발견은 비웃음거리가 되기도 했습니다. 이처럼 과학의 이름으로 선언된 저주와 파문, 금지의 역사는 끝이 없습니다. 때로는 인류의 정신적 유산을 퇴보시키기도 했습니다. 인간은 자신의 한계를 세계의 한계로 착각하는 경향이 있기 때문입니다.

그럼에도 저는 과학의 영역을 매우 존중하는 사람 중 한 명입니다. 오늘날의 세계는 양자과학이 영성의 차원을 증명하고 밝혀주는 시기라고 생각합니다. 과학과 영성이 함께 발전해야만, 인류는 미래에 다가올 기계 문명이나 외계 문명에 효과적으로 대처할 수 있을 것입니다.

저를 찾아오는 많은 사람이 자신의 전생 인연뿐만 아니라, '카르마의 원리'와 '우주의 작동'과 같은 예상치 못한 심도 있는 질문을 던지곤 합니다. 그렇게 많은 사람을 리딩하다 보면, 저는 명상 중에 미래에 일어날 사건이나 우주의 비밀이 담긴 거대한 도서관에 방문하는 경험을 할 때가 있습니다. 그 도서관 안에는 수많은 사람이 살아온 일기책이 보관되어 있지요. 저는 저에게 질문한 사람에 관한 전생의 일기책을 찾아 읽어줍니다. 1931년 강연에서 에드거 케이시Edgar Cayce(1877~1945)는 전형적인 유체이탈 체험을 묘사하며, 그 과정에서 하늘에 있는 기록의 창고에 접근할 수 있었다고 말했습니다.

"나는 사원으로 들어가서 매우 큰 방을 발견했는데 그것은 마치 거대한 도서관 같았다. 여기에는 인간들의 인생을 기록한 책들이 있었는데, 그들의 모든 행위가 적혀 있었다. 나는 내가 알고자 했던 사람의 기록을 꺼내기만 하면 되었다."•

이 무한한 우주에는 엄청난 도전과 비밀의 법칙들이 존재합니다. 이 책이 개인의 삶을 넘어서, 더 깊은 우주적 메시지를 전하는 통로가 되기를 바랍니다. 수많은 은하계 중에서 자신의 영혼이 왜 지구별을 선택하고 태어났는지에 대한 이유를 알아야 합니다. 그래야 현생의 삶에서 자신의 영혼이 전생에 계획하고 약속한 목적

• 조 피셔, 《나는 아흔여덟 번 환생했다The Case of Reincarnation》, 손민규 옮김, 태일출판사, 1996, p.241.

을 이해하고, 그 목표를 이루기 위한 과제를 잘 풀어낼 수 있기 때문입니다. 각자가 태어나면서부터 가지고 있는 영성을 계발하고 발전시켜야, 지금보다 더 높은 차원의 지구 문명을 이룰 수 있습니다. 이것이 인류를 지킬 수 있는 유일한 방법이라고 저는 생각합니다.

지금 우리의 지구는 인류의 잘못된 삶의 그림자 때문에 본래의 밝고 청정한 빛이 오염되어 점차 꺼져가고 있습니다. 그래서 우리가 각자 가지고 온 숙제(카르마)를 잘 풀어야 지구의 에너지가 상승하여 다시 빛날 수 있습니다. 이것이 우리가 지구별에 태어난 사명 중 하나입니다. 우리의 선한 노력이 지구뿐만 아니라 우주를 위한 위대한 도약임을 인식해야 합니다. 지구에는 80억 명이 넘는 사람들이 살고 있습니다. 그 모든 사람이 착한 마음을 가지고 선한 에너지를 만들어낸다면, 그 에너지는 충분히 지구를 지킬 수 있을 것입니다.

저는 앞으로 미래 과학과 미래 세계에 대한 리딩을 더욱 많이 할 계획입니다. 우리 모두는 미래에 닥쳐올 예상치 못한 변화, 예를 들어 고도로 정비된 범용인공지능Artificial General Intelligence, AGI(인간 이상의 지능을 갖춘 AI)으로 인한 충격적인 변혁에 대비해야 합니다. 동시에, 외계 문명과 같은 새로운 것을 받아들일 마음의 준비도 필요합니다. 이를 위해 저와 다른 의견이나 견해 앞에서 겸손한 마음을 갖는 것이 중요합니다. 그래야만 우주에서 지구라는 행성이 가진 카르마를 이해할 수 있으며, 그 카르마를 인류가 왜 풀어야 하는지 그 이유를 알게 될 것입니다.

우리가 살아가는 고도로 기계화된 초문명을 제대로 다스리기 위해서는 우리의 영혼이 전하는 메시지를 이해하고 해석하여 더 높은 차원으로 진화하고 상승해야 합니다. 인류의 집단의식이 깨달음의 차원으로 나아가지 않는다면, 결국 기계의 노예가 될 수밖에 없습니다. 각자의 영혼이 전하는 영적 메시지를 깊이 이해하고 받아들여야만, 지구와 우주가 던지는 문제에 대한 해답을 찾을 수 있습니다.

이 글을 쓰는 동안 지난 25년의 시간이 주마등처럼 스쳐 지나갔습니다. 이 책이 진정한 인생의 길을 찾고자 하는 사람들에게 어둠 속 작은 등불이 되기를 진심으로 소망합니다.

2025년 봄을 기다리며

박진여

1

신은 어디에 있습니까?

나는 고대의 현자들을
보았습니다

“나는 신을 찾기 위해 여러 곳을 돌아다녔지만,
어디에서도 그분을 찾지 못했다.
그런데 내 마음속을 들여다보니 그분이 거기에 계셨다.”

_잘랄루딘 루미 Jalāl ad-Dīn Rūmī, 1207~1273, 이슬람 수피즘의 창시자

전생이라는 영적 공간을 따라가다 보면, 고대의 현자들을 만나는 경우가 종종 있다. 나를 찾아온 내담자의 전생 리딩에서, 소크라테스(BC 470?~BC 399)의 제자로 살았던 삶을 본 적이 있다. 소크라테스가 살았던 당시는 매우 경이로운 시대였다. 이 시기를 전후로 중국의 공자와 노자, 인도의 석가모니와 마하비라(자이나교의 창시자), 페르시아의 조로아스터, 그리스의 피타고라스 같은 성자와 현자들이 대거 출현했다. 역사상 위대한 성자나 현자들이 등장할 때, 그들은 항상 집단적으로 지구라는 행성에 태어난다. 그 이유는 그들이 서로 영향을 주고받으며 지구의 영적 에너지를 활성화하고 상승작용을 일으키기 때문이다.

그리스의 철학자 피타고라스(BC 580?~BC 500?) 역시 전생 리

딩에서 본 적이 있다. 어느 대학교에서 철학을 가르치는 교수의 리딩에서였다. 그 교수는 꿈에서 항상 빛나는 존재를 만나는데, 그 존재가 누구인지 알고 싶다고 했다.

리딩의 첫 장면은 많은 사람이 누군가의 강의를 듣기 위해 모여 있는 모습이었다. 군중 안에 그 교수도 있었다. 잠시 후 강렬한 눈빛을 가진 작은 체구의 남성이 나타났다. 그 순간, 나의 영적 수신체가 작동하며 그가 피타고라스라고 알려주었다. 마치 영화관에서 보는 것처럼 그 장면이 내 앞에서 펼쳐졌다. 내가 본 리딩에서 잊히지 않는 장면들의 내용은 다음과 같다.

선과 악을 구분하는 방법은 하루의 낮과 밤으로 설명할 수 있다. 밝은 빛 속에 있는 영혼들은 살아 있는 사람들이며, 밤의 어둠 속에 잠긴 영혼들은 죽은 사람들이다. 빛 속에 있는 사람들은 이 지상의 삶보다 더 높은 차원으로 나아가는 선한 이들이다. 그러나 어둠 속에 숨어 있는 사람들은 윤회와 환생의 법칙에 따라 다시 이 지상의 삶으로 돌아와야 할 숙제를 가진 이들이다. 그곳에서 피타고라스나 그와 같은 능력을 가진 이가 어둠 속으로 밝은 빛을 보내면, 어둠은 순간 사라지고 죽은 사람이 순식간에 살아났다. 사람들은 이러한 현상을 기적이라 불렀다.

앞서 말한 빛의 사람과 어둠의 사람에 대한 비유는 다음처럼 해석될 수 있다. 피타고라스가 행했다는 기적으로 살아난 사람들은 평소에 선한 영혼을 가진 이들이었고, 악한 영혼을 가진 사람들은 그 기적의 은혜를 받지 못했다는 것이다.

피타고라스는 오늘날 수학의 정리를 만든 사람으로 주로 기억되지만, 사실 그는 불꽃같은 능력을 지닌 신비주의 현자였다. 그는 비바람을 다스리고 죽은 자를 살릴 수 있었다고 한다. 고대 그리스의 밀교였던 미스테리아Mysteria•에 따르면, 그는 예수처럼 미래를 예견하고 영적 진리를 전하며 병자들을 치유했다고 전해진다. 피타고라스는 참된 진리에 이르는 길은 다양하다고 가르쳤으며, 결코 권위를 내세우지 않았다. 또한 "신을 믿기만 하면 천국이 보장된다"는 말을 하지 않았다.

당시 피타고라스의 제자들은 하루가 끝나는 밤마다 그날 자신이 했던 모든 사건을 떠올리며, 높은 자아의 관점에서 도덕적으로 자신을 평가하는 가르침을 받았다. 그들은 하루 동안 했던 모든 말과 행동을 돌아보며, 잘못된 행위에 대해 반성하고 참회하는 시간을 가졌다. 그 과정에서 아무것도 감추지 않았고, 어떤 것도 빠뜨리지 않았다. 그들은 자신이 지은 잘못을 직시하는 것을 주저하지 않았으며, 그 잘못을 반복하지 않겠다고 다짐하는 기도를 올렸다. 그들은 자신의 내면에서 신의 존재를 찾으려 했다.

모태 신앙을 가진 기독교인의 전생을 따라가다 보면, 예수라고

• 기원전 500년경 그리스에서 인간이면서 신의 능력인 기적을 보인 신인神人들을 믿고 따르는 신앙을 일컫는다.

짐작되는 사람을 볼 때가 있다. 낮은 산언덕에 사람들이 모여 앉아서 한 사람의 설교를 듣고 있었다. 내게 자신의 전생 리딩을 요청한 내담자도 그 무리 속에 있었다.

내담자는 나이가 들어 보이는 중년 여인의 모습으로, 예수가 설교하는 언덕 아래에 모여 앉은 군중 속 중간쯤에 있었다. 예수는 평범한 얼굴의 젊은 남성으로, 세속의 어둠을 달래는 듯한 묘하고 밝은 미소를 띠고 있었고, 그의 주변에는 맑은 에너지가 은은하게 맴돌고 있었다. 그의 목소리는 바람이 부는 쪽으로 밀려가지도 않았고, 사람들의 두런거림 속에서도 마치 바로 옆에서 이야기하는 것처럼 잔잔하게 들렸다. 예수는 손에 작은 막대기를 들고 땅바닥에 무언가를 그리며 말을 이어갔다. 그 주위의 멀지 않은 장소에 몇몇 남성들이 보였는데, 그들이 예수를 따르는 제자들이라는 것을 직감으로 알 수 있었다.

그 남성들과 조금 떨어진 곳에 갈색 머리카락을 가진 여인이 유독 눈에 띄었다. 그녀의 긴 머릿결은 언덕 아래에서 불어오는 바람에 따라 물결치고 있었고, 손에는 작은 물병 같은 항아리가 들려 있었다. 마치 예수가 목이 마를 때 물이나 차를 제공할 준비가 되어 있는 듯 보였다. 그녀는 매우 아름다웠고, 얼굴에는 미소가 끊이지 않았다. 그 여인은 《성경》에 등장하는 막달라 마리아였다.

《성경》에 따르면, 막달라 마리아는 예수와 항상 함께했던 여성이다. 그녀는 예수가 십자가에 못 박히는 순간부터 매장될 때까지, 그리고 무덤이 비어 있음을 발견하는 순간까지 모두 등장한다. 특히 예수의 빈 무덤을 처음 발견한 증인이라는 사실을 4개의 복음서(〈마태복음〉, 〈마가복음〉, 〈누가복음〉, 〈요한복음〉)가 공통으로 증언하고 있다. 또한 예수의 비밀 가르침인 영지주의靈智主義 복음서•에서도 막달라 마리아는 핵심적인 역할을 한다. 영지주의 복음서 중 하나인 〈구세주의 대화Dialogue of the Savior〉에서는 마리아가 완전히 깨달음을 얻은 여성으로, 예수와 매우 가까운 사이로 그려진다. 리딩은 계속 이어진다.

리딩의 장면은 나도 알지 못하는 그 무언가가 그를 예수라고 알려주는 듯했다. 그것은 '눈으로 보지 못했고, 귀로 듣지 못했고, 만질 수 없었으며, 사람의 마음으로도 상상할 수 없던 것'(〈고린도전서〉 2:9)을 내가 너희에게 준다는 그의 눈빛 때문이었다. 그 눈빛은 마치 '나는 온전한 자들과 더불어 지혜를 말하지만, 그것은 세상의 지혜가 아니다. 우리는 오직 비밀 속에서 하나님의 지혜를 말하는 것이다'(〈고린도전서〉 2:6~7)라고 속삭이는 듯했다.

하나님의 지혜? 우리는 하나님의 지혜를 어떻게 알고 배울 수 있을까? 그 답은 선한 마음으로 이웃을 내 몸처럼 사랑하고 배려

• 1945년 이집트 남부 나그함마디에서 발견된 문서가 영지주의 복음서를 대표한다. 영지주의는 물질세계와 영적세계를 이원적으로 구분하고, 특별한 앎gnosis(그노시스)을 통해 구원에 이를 수 있다고 믿는 종교철학을 말한다. 영지주의 복음서들은 서기 180년 이후 이단으로 배척되었다.

하는 것에서 찾을 수 있다고 한다. 착한 마음으로 선행을 실천하고 봉사할 때, 하나님은 우리 인생의 갈피마다 그분의 지혜를 끼워주신다고 한다.

평생을 한센병 환자들과 함께한 소록도의 천사 마가렛 피사렉Margaritha Pissarek(1935~2023) 수녀는 "난 그저 하느님의 말씀에 따라 행동했을 뿐이다"라고 말했다. 처음에는 2년만 한센인을 위해 봉사하려는 마음으로 소록도에 왔지만, 결국 60년 동안 4만 명의 한센인을 위해 헌신하는 삶을 살고 세상을 떠났다. 우리는 어떻게 그 천사의 마음을 배울 수 있을까? 가끔은 피사렉 수녀가 또 다른 성모이자 천사의 화신일지도 모른다는 생각이 든다. 어쩌면 그녀는 사랑하고 헌신했던 4만 개의 징검다리를 딛고, 더 높은 차원에서 지구의 진화와 구원을 위한 기도에 힘쓰고 있을지도 모른다.

과거에 피사렉 수녀를 만난 사람들이 전한 바에 따르면, 그녀는 그리운 고국의 고향에 돌아가기 위해 몇 번이나 짐을 쌌다고 한다. 그러나 준비를 마치고 새벽에 몰래 길을 떠나기 위해 문밖을 나서면 예수가 슬픈 눈빛으로 그녀 앞에 나타나 "내가 너와 함께 있다"며 그녀를 달랬다고 한다. 그 눈빛을 마주할 때마다 피사렉 수녀는 다시 전국을 돌면서 자신의 돌봄을 필요로 하는 한센인을 위해 봉사의 삶을 이어갔다.

우리의 몸은 수많은 개체로 이루어졌지만 각기 한 영혼one soul과 결속되어 있듯이, 우주의 무한한 생명체도 하나의 영혼과 결속되어 있다고 보아야 한다. 하느님의 사랑과 마가렛 피사렉 수녀의 봉사와 헌신이 우리 마음속에 함께 내재해 있다는 것이다. 그것을 어떻게 마음속에서 끄집어내어 실천할 것인가는 각자의 정화된 앎이 이끈다.

내면의 앎은 양심의 진화에서 만들어진다. 우리가 본래 가지고 있는 진정한 실재實在는 양심의 근본인 도덕적 의식에 뿌리를 두고 있다. 이는 인간의 중심 의식인 참자아를 실현하는 일이다. 정화된 사람들은 보이지 않는 것들의 순결하고 무구한 본성을 목도할 수 있다. 오직 지혜로운 사람만이 이데아(모든 사물의 원인이자 본질)의 세계를 알아볼 수 있다. 우리가 착한 마음을 가지고 선한 일을 많이 하면, 각자가 지닌 상위 자아가 의식의 고향인 4차원의 심령계心靈界와 5차원의 천상계天上界, 즉 천국의 차원으로 나아갈 수 있다.•

• 이 세계는 크게 3차원의 물질계, 4차원의 심령계, 5차원의 천상계로 구분할 수 있다. 물질계는 우리가 물리적으로 경험하는 세계로, 시간과 공간의 제약을 받는 현실이다. 심령계는 물질계를 초월한 심리적·정신적 차원으로, 감정·사고·꿈·직관 등이 존재하는 영역이다. 천상계는 영혼의 세계로 물질적 한계와 심리적 제약을 완전히 초월한 고차원의 영역이다.

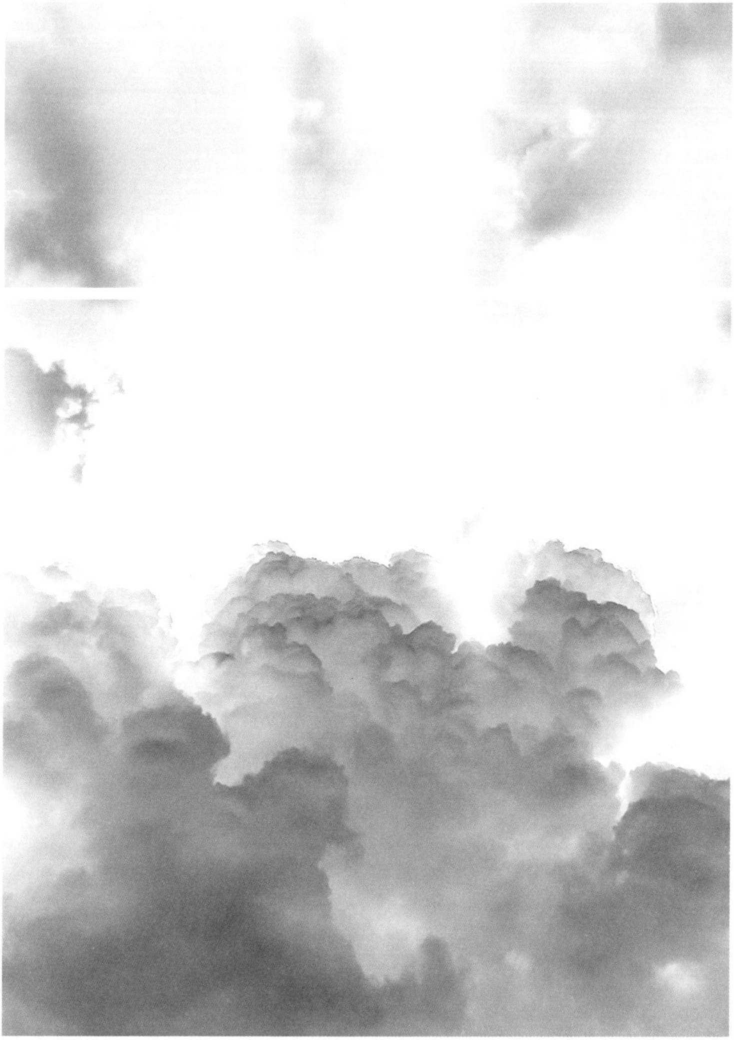

신은 외부가 아닌 우리 내면에 있으며,
우리는 사랑과 봉사를 통해 영적 진화를 이룰 수 있습니다.

2

카르마의 법칙은 어떻게 작동합니까?

어떤 할머니의 전생에서 명성황후를 보았습니다

리딩에 따르면, 영혼은 파괴되지 않는 불멸의 존재다. 영혼은 육화肉化의 단계를 거쳐 인간이라는 물질체로 태어난다. 이때 인간의 의지가 아닌 카르마의 법칙(자연의 법칙)이 중요한 역할을 한다. 그 카르마에 따라 영혼은 인종과 국가, 그리고 태어날 여성의 자궁을 선택한다. 그렇게 택한 육체 속에 영혼은 오랜 시간 머물면서(영혼의 관점에서는 찰나의 순간이지만) 쾌락과 집착에 익숙해진다. 이때 형성된 인연과 습성 때문에 업연業緣의 통로를 따라 다시 육체로 돌아오게 되면서, 세속적인 욕망과 인연을 쉽게 떨쳐버리지 못한다. 이렇게 업연을 가진 영혼은 삶과 죽음을 계속하며 윤회의 수레바퀴를 돌린다. 이를 멈출 방법이 없을까?

영지주의 경전인 〈요한의 비밀의 서Apocryphon of John〉에서는 "영혼은 계속해서 환생한다"고 가르친다. 환생을 멈추기 위해서는 영혼의 무지에서 벗어나 영적 지식(그노시스)을 깨달아 온전해질 때, 더 이상 다른 육체에 들어가지 않고 비로소 환생을 멈출 수 있다고 한다.

평생을 가난하게 살면서 모아두었던 전 재산을 사회단체에 기증하고 돌아가셨다는 할머니의 미담 기사를 종종 접할 때가 있다. 금액의 많고 적음을 떠나 그런 마음가짐으로 자신의 마지막 인생을 잘 정리하고 떠나는 할머니가 부럽다는 생각을 하곤 한다. 그런 삶을 살아간 영혼은 죽음 이후의 공간에서 어떻게 받아들여지고 죽음 이후는 어떻게 전개될까?

나를 찾아온 어느 내담자의 친척 중에 그런 할머니가 계셨다. 그 할머니는 가난한 집안의 7남매 중 장녀로 태어나 어린 시절부터 남의 집에서 일하며 집안과 동생들을 뒷바라지했다. 결혼해서는 일찍 남편을 여의고 혼자 남아 막노동판에서 험한 일을 하며 살아왔다. 나이 들어서는 폐지를 주워 생활비를 마련했고, 그렇게 평생 모은 돈을 남을 위해 기부했다. 나는 리딩을 통해 전생과 사후세계의 어느 공간에 계실지도 모르는 그 할머니의 영혼을 따라가 보았다.

할머니는 전생에 놀랍게도 경복궁 건청궁에서 일본군의 칼에 난자당한 후 살해되어 석유에 불태워진 명성황후였다. 영혼은 여러 개의 분령체分靈體(영혼이 하나에서 나뉘어 동시대에 여러 인물로 존재하는 것)로 이루어져 있다. 내가 리딩을 통해 본 장면의 명성황후는 그 분령체 중에서도 가장 본질에 가까운 영적 에너지를 지닌 본체에 해당하는 영혼이었다. 리딩에 따르면, 명성황후가 그렇게 처참하고 비참하게 죽음을 맞이한 이유는 조선의 500년 역사 속에서 왕족 여인들이 쌓아온 모든 부적절한 카르마를 그녀가 대신 짊어졌기 때문이었다. 조선 500년의 세월 동안 왕비와 후궁 등 왕가의 혈통을 이어받은 이들이 쌓아온 업보를 청산하기 위해서였다고 했다.

그렇게 잔인하고 말할 수 없이 비참하게 죽임을 당한 왕비가 세상에 몇 명이나 될까? 그런 참혹한 비극적 죽음은 고대와 근대 역사에서도 찾아보기 어렵다. 그 사건은 분명 조선 역사의 치욕이자 천인공노할 일이다. 그러나 영적인 관점에서 보면 그 안에 숨은 메시지가 있었다. 할머니는 조선의 왕비로 태어나 비참하게 죽었지만, 이번 현생에서는 가난한 집안의 장녀로 태어나 여섯 동생들(전생에 측근 상궁과 궁녀들)을 위해 평생을 한없는 봉사와 헌신의 삶을 살다 세상을 떠났다. 그렇다면 지금 할머니의 영혼은 어디에 있을까? 리딩을 통해 할머니가 계신 곳을 따라가 보았다.

할머니의 영혼은 육체를 떠난 영혼들이 사후의 세계로 도착하는 곳에서 그들을 안내하는 역할을 하고 있었다. 할머니는 살아생전에 그때 자신과 함께 죽어간 상궁과 궁녀들•의 후손 집안에 가서 봉사하고 수고하면

• 상궁과 궁녀들의 영혼이 윤회 환생하여 그 집안의 후손으로 다시 태어났다는 것이다. 내 연구소가 경복궁 가까이에 있어서 가끔 경복궁을 들를 때가 있는데, 그곳에는 아직도 많은 궁녀의 영혼이 남아 있다. 그들은 나를 보면 숨기도 하고, 때론 내게 다가와 무언가를 말할 것 같은 표정을 짓기도 한다. 그들이 나에게 가까이 올 때는 대개 슬픈 얼굴을 하고 있다. 내가 그들과 눈을 마주치면, 그들은 순간 연기처럼 사라지곤 한다.

서, 그 영혼들에 대한 예의를 갖추었다고 리딩은 말했다.

할머니의 영혼이 있는 곳은 육체를 떠난 영혼들이 사후세계로 들어가는 장소였다. 죽음의 문턱을 넘는 과정은 우리의 일반적인 의식으로는 도저히 이해하기 어려운 영역이다. 그곳은 육신의 굴레를 벗어나 존재의 정수精髓로 들어가는 또 다른 차원의 세계이기 때문이다. 고대 티베트인들은 이 심오하고 신비한 상태를 '바르도Bardo(생과 생 사이에 있는 의식의 차원)'라고 불렀다. 그곳에서 할머니의 영혼은 명성황후로 살았을 때, 자신을 가장 비참하고 모욕적이며 치욕적으로 살해했던 가해자의 영혼들도 안내하고 있었다. 그들도 바른 참회의 공간으로 들어갈 수 있도록, 할머니는 그들에게 안내자의 역할을 하고 있었던 것이다.

살아생전에 악행을 저지른 영혼들은 곧바로 저승으로 가지 못하고, 지구 시간으로 수백 년에 해당하는 오랜 시간 동안 구천을 헤매고 떠돈다. 그 후, 윤회의 프로그램에 따라 속죄와 참회의 삶을 살기 위해 다시 태어난다.

그 가해자의 자손 중에는 살아생전 아버지의 잘못을 참회하며 살았던 인물도 있었다. 바로 1895년 명성황후를 시해한 을미사변의 주도적인 인물이었던 매국노 우범선의 아들, 우장춘禹長春(1898~1959) 박사이다. 그는 가난한 집안에서 태어나 도쿄대학교를 졸업하고, 한국농업과학연구소 초대 소장으로 재직하면서 '종의 합성' 이론을 통해 세계 유전 육종학의 발전에 기여했다. 또한 유전 육종 전문 지식과 기술 보급을 통해 한국 농학 발전에 크게 공헌했다. 한국의 육종학 기술의 토대를 세우고, 후학들이 그 씨앗의 생명을 무한히 이어가도록 유전학의 계보를 구축했다. 우장춘 박사의 연구와 노고 덕분에 대한민국의 열악했던 농업기술이 발전했으며, 그 결과 국민은 기아에서 벗어날 수 있었다. 뿐만 아니라 우장춘 박사가 연구하여 개발한 우량종자들은 외국산을 능가하는 뛰어난 품질을 자랑했다.

우장춘 박사는 1959년 8월 7일, 평소에 앓던 지병으로 입원한 병실에서 대한민국 농업 발전에 지대한 공로를 세운 공으로 '대한민국 문화포장'을 수상했다. 그 자리에서 그는 "고맙다. 조국은 나를 인정했다"라며 눈물을 흘렸다고 한다. 그 눈물의 의미를 영적으로 해석하면 '조국은 내 아버지의 죄를 용서했다'라는 뜻으로도 받아들여진다. 그것은 어쩌면 자신의 아버지가 지은 죄를 만분의 일이라도 갚았다는 참회의 눈물이었는지도 모른다. 그는 말년에 십이지장궤양으로 큰 수술을 세 번 받았는데, 이는 그의 아버지가 명성황후의 옆구리와 복부를 칼로 찔러 살해하는 살인자들의 배후였던 인과응보라고 말하는 리딩의 장면은 매우 소름 돋는 느낌으로 남아 있다.

인류가 살아가는 지구라는 행성에서, 그 어떤 역사적 대의와 명분이 있더라도 한 나라의 국모를 그런 방식으로 살해하는 것은 어떤 신의 이름으로도 용서받을 수 없는 일일 것이다. 그러나 《성경》에서 예수는 원수를 사랑하라고 가르친다. 〈마태복음〉에서 베드로는 이렇게 묻는다.

"주여, 형제가 내게 죄를 범하면 몇 번까지 용서해주어야 합니까? 일곱 번까지 하오리까?"

이에 예수는 완전한 용서라는 아름다운 가르침을 준다.

"네게 이르노니 일곱 번뿐만 아니라 일곱 번씩 일흔 번이라도 용서하라."(〈마태복음〉 18:22)

그렇다면 진정한 용서란 무엇일까? 예수는 원수를 사랑하고 그들을 용서함으로써 구원을 받으라고 말한다. 예수는 인류의 죄를 대신해 십자가에 못 박혀 죽었다. 그렇다면 인류는 신으로부터 구원받았는가? 그러나 인간이 아직까지 신으로부터 완전히 용서받지 못했기 때문에, 구원을 받기 위해 다시 태어나는 것은 아닐까?

내가 아는 진정한 용서는 신이 말하는 순종도 아니고, 조건적인 것도 아니다. 알제리 태생의 프랑스 철학자 자크 데리다Jacques Derrida(1930~2004)의 사유에 따르면, '진정한 용서는 불가능한 용서'를 말한다. 용서할 수 없는 것을 용서하는 것이야말로 진정한 용서의 마음이다.

그러나 누군가를 쉽게 용서한다는 것은, 그 용서의 가치가 그만큼 작아진다는 것을 의미한다. 그러면 큰 용서를 말하는 것인데, 극단적으로 말하면 신이 말하는 용서의 의미는 인간 세계에서 사실상 불가능에 가깝다. 왜냐하면 인간의 감정 중에서는 미움이 가장 강력하기 때문이다. 현생에는 미움을 마치 공기처럼 마시며 살아가는 이들이 너무나 많다. 미움 때문에 전쟁이 일어나고, 미움 때문에 서로 다툰다. 그 미움을 비우고 버려야 신으로부터 구원받을 수 있다. 그래야만 윤회 환생의 굴레에서 벗어날 수 있다.

어떻게 하면 진정으로 서로 화해하고 용서하며, 또한 용서받을 수 있을까? 그 방법은 우리 안에 있는 그리스도와 부처를 찾는 데서 시작된다. 그래야만 우리는 궁극적인 구원을 받을 수 있으며, 인류의 후손들 역시 이 지구에서 멸망하지 않고 살아남을 수 있다. 우리가 그 희망을 찾기 위해 필사적으로 노력하지 않는다면, 환생과 윤회의 수레바퀴는 계속해서 돌아갈 것이다.

3

사람과 반려동물은 어떤 특별한 인연이 있습니까?

토리라는 반려견의 전생을 보았습니다

"그는 아름다움을 가졌으나 허영심은 없었고,
힘을 가졌으나 오만하지 않았고,
용기를 가졌으나 잔인하지 않았고,
인간의 모든 미덕을 갖추었으나 악덕惡德은 없었다."

영국의 대표적 낭만파 시인 조지 고든 바이런George Gordon Byron (1788~1824)이 남긴 시의 한 구절이다. 작품 제목은 〈어느 개에게 바치는 비문Epitaph to a Dog〉으로, 여기서 '그'는 바이런이 사랑한 반려견을 가리킨다. 그 개가 죽었을 때, 스무 살의 바이런이 바친 추모의 글이다.

현대 사회에서 반려견은 인간계에 진입한 존재들이다. 우리는 반려견을 가족이라고 부른다. 가족이란 일상생활을 공유하는 집단 또는 그 구성원을 말한다. 우리나라에서도 반려동물을 키우는 인구가 1,500만 명에 이른다고 한다. 대부분의 반려동물은 반려인에게 정서적 안정과 행복을 가져다준다. 인간과 가까운 만큼 반려견에 관한 신기한 이야기들도 많다.

어떤 여성이 자신의 반려견에 대해 궁금해하던 것을 나에게 물은 적이 있다. 만약 이 인연이 전생에서 비롯된 것이라면, 어떤 사연이 있었는지 궁금하다는 것이었다. 그 반려견을 그녀는 '토리'라고 불렀다.

리딩을 통해 살펴본 전생의 장면에서, 토리는 내담자가 전생에 오스트리아 왕족으로 살았을 때, 그녀를 위해 평생 옆에서 시봉했던 시녀로 나타났다. 그때 그녀는 왕위 계승 서열에서 밀려나, 다른 세력의 견제로 인해 격리된 공간에서 평생 갇혀 지내야 했다. 그때 그녀의 곁에서 평생을 시중들었던 시녀가 지금의 반려견인 토리였다. 전생에서 시녀는 독방에 갇혀 지내던 가련한 왕녀가 죽고 난 후, 오랜 시간 신에게 기도했다고 한다. '만약에 다음 생이 있다면 그 생에서도 그녀를 만나게 해달라'고 말이다. 리딩에 따르면, 토리는 이번 생에서도 무한한 진실과 믿음을 전할 수 있는 절대 가치의 사랑(배신하지 않는 사랑)을 하고 있다고 한다.

리딩의 내용을 듣고 있던 그녀는 신기한 듯 말했다. 어느 날 꿈에 어떤 하얀 개가 나타나 자신을 데려가달라고 했다고 한다. 꿈속의 그 개는 자신이 어느 동네의 어느 장소에 있다는 것까지 알려주었다. 그런 이상한 꿈이 반복되자, 어느 날 언니와 함께 그 개가 알려준 장소를 찾아갔다. 그런데 놀랍게도 정말 꿈속에서 본 모습 그대로의 개가 그녀를 보고 꼬리를 흔들며 반가운 듯 친밀하게 다가왔다고 한다.

반려동물에 대한 전생 인연을 묻는 사례들 중 특이한 점은, 서로 만나게 되는 환생의 주기(사이클)가 맞지 않는 경우, 그 영혼이 반려동물의 모습으로 현생에서 다시 만나기도 한다는 것이다. 다시 말해, 영혼들은 서로의 영적 정화와 진화를 위해 함께 태어나기를 원하지만, 영혼이 가진 여러 우선해야 할 영적 환경에 의해 같은 시대에 인간으로 태어나지 못하는 경우가 있다. 그럴 때, 그들이 가장 가까이에 있을 수 있는 생명체로 같이 태어난다는 이야기다.

2017년 미국에서 개봉한 영화 〈베일리 어게인A Dog's Purpose〉은 애완견 베일리가 네 번의 환생을 거쳐 인간 세상으로 돌아온다는 줄거리다. 50년 동안, 그는 허영심 많고 오만한 인간들의 악덕에 맞서 주인을 지켜낸다. 어떤 생에서는 불타는 집에서 사람들을 구조하고, 유괴된 소녀를 구하기 위해 목숨까지 건다. 이별의 슬픔에 젖어 홀로 살아가던 옛 주인과 그의 40여 년 전 첫사랑을 다시 맺어지게끔 힘쓰기도 한다. 베일리가 한 대단원의 독백은 스스로에게 새기는 다짐의 말이다. "재미있게 살자. 지나간 일에 사로잡혀 슬퍼하지 말자. 어려움에 처한 사람들을 돕자. 일생을 함께 할 짝을 찾자." 우리는 종종 반려견을 '인간의 가장 좋은 친구'라고 말하곤 한다. 영화 속 베일리의 깨달음은 곧 인간의 지혜이기도 하다. 어느 개에게 바치는 찬가讚歌인 이 영화가 마지막 부분에서 우리에게 전하는 지혜의 선물은 이것이다. "인생은 짧다. 그러니 매 순간 최선을 다하고 소중히 살아가자."

반려견 중에는 아주 뛰어난 초감각적 우주의 파장을 읽어내어 인간에게 초월적인 도움을 주는 경우도 있다. 영국의 BBC 방송은 한 여성이 반려견 덕분에 장기기증자를 찾게 된 기적 같은 사연을 전했다. 영국인 루시 험프리라는 40대 여성의 이야기다. 그녀는 만성염증성 질환인 '루푸스'로 15년간 투병하던 중 말기신부전 진단을 받았고, 의사에게서 5년밖에 살 수 없다는 말을 들었다. 그녀에게 완벽하게 맞는 신장을 기증받을 확률은 2,200만 분의 1이었다.

어느 날, 험프리는 남자친구와 함께 도베르만 두 마리를 데리고 여행을 떠났다. 휴양지에서 휴식을 취하던 중, '인디'라는 이름의 반려견이 갑자기 100미터 거리에 있던 한 여성에게 뛰어갔다. 그러곤 계속 그들 사이를 맴돌면서 평소와는 다른 행동을 했다고 한다. 아무리 불러도 인디가 돌아오지 않자, 험프리는 어쩔 수 없이 그 여성에게 사과하러 다가갔다. 도베르만의 큰 덩치가 다른 사람들에게 위협적으로 보일 수 있었기 때문이다. 그리고 이렇게 만난 케이티 제임스와 이야기를 나누다가 저녁 식사에 그녀를 초대하게 된다.

식사 도중에 제임스는 험프리에게 술을 권했지만, 험프리는 자신이 "신장이식을 기다리고 있어 현재 혈액투석 중이라 술을 마실 수 없다"고 말했다. 그러자 제임스는 깜짝 놀라며 "나는 얼마 전에 신장기증 등록을 했다"고 말했다. 험프리와 제임스는 연락처를 교환했고, 다음 날 장기기증 코디네이터에게 연락을 취했다. 이후 제임스는 여러 검사를 받았고, 그녀의 신장이 험프리에게 적합하다는 결과를 받았다. 무사히 신장이식 수술을 마친 험프리는 '반려견의 도움으로 제2의 인생을 살 수 있게 된 엄청난 사건'이라며 기쁜 마음을 전했다.

2,200만 분의 1이라는 확률은 신의 개입 없이는 불가능한 숫자처럼 느껴진다. 반려견 인디는 어떻게 험프리에게 가장 적합한 신장을 가진 사람을 찾아낼 수 있었을까? 이 질문에 우리는 명확한 답을 찾을 수 없기에 반려동물이 가진 초감각적인 능력에 감사하다는 말로 대답할 수밖에 없을 것이다.

그들의 신기한 사연에 호감을 느낀 나는 두 사람의 전생에 대한 인연을 살펴보았다.

험프리는 제2차 세계대전 당시 야전병원에서 연합군의 부상병을 간호하던 영국 출신의 간호사였다. 그녀는 어릴 때부터 신앙심이 깊은 부모님의 영향을 받아, 성인이 되면 수녀가 되기를 원했다. 그러나 학교를 졸업하기도 전에 전쟁이 발발하여, 적십자에 지원해 소정의 간호 교육을 받은 후 수많은 전상자를 돕는 현장에서 일했다. 그 시절, 그녀는 사경을 헤매는 어떤 부상병을 정성을 다해 치료했고, 그때 그녀의 도움으로 목숨을 건진 부상병이 현재의 제임스로 나타났다.

전생 리딩에서 본 당시의 특이한 장면 중 하나는, 심한 출혈로 쇼크 상태에 빠진 제임스에게 그녀가 자신의 피를 수혈해주는 장면이었다. 전쟁

터라는 아수라장 속에서 일어난 장면들이라, 리딩 중간중간 고장 난 영사기의 필름처럼 끊어지는 순간들이 있었다. 그러나 그녀가 그때 자신을 돌보지 않고 온 마음을 다해 헌신했던 공덕이 현재의 제임스와의 2,200만 분의 1이라는 기적 같은 인연으로 이어졌다고 리딩은 전한다. 그리고 반려견 인디는 험프리가 간호사로 살았던 그때의 전생에서도 그녀의 고향집을 지키던 노견이었다.

리딩으로 살펴본 사람들의 장기기증에 대한 영적 해석은 깊은 의미를 담고 있다. 사람들은 사망한 가족의 유언이나 고인의 평소 뜻에 따라 시신이나 장기를 기증한다. 다른 이를 위한 그 베풂의 용기는 인간이 이 세상에서 실천할 수 있는 최고의 사랑 중 하나다. 예를 들어, 헌혈을 하면 자신이나 가족이 필요로 할 때 우선적인 혜택을 누릴 수 있듯이, 우주의 법칙은 그 사람이 남긴 지극한 사랑과 봉사의 가치를 잊지 않고 되돌려준다. 이것이 바로 자연의 법칙이자 우주의 오묘한 섭리다. 다시 말해, 이러한 사랑과 헌신의 실천은 자신 명의로 된 영혼의 은행에 엄청난 저축을 해놓는 것과 같다.

우리의 동물적 유산에 관한 확신은 찰스 다윈의 《종의 기원》뿐만 아니라, 전생 치료사들의 사례에서도 찾아볼 수 있다. 영혼이 최근의 전생에서 겪은 경험은 인간뿐만 아니라 동물의 형상 속에 반영된다는 말도 있다. 모리스 네더턴Morris Netherton 박사에 따르면, 피험자들은 그들의 의식이 변형을 일으키기에 충분할 정도의 전생 퇴행에 들어갔을 때, 자신을 특정 동물의 몸으로 보고 느끼기도 한다고 한다. '인간은 영원한 존재가 아니기 때문에 보이는 것만이 진실이 아니다'라는 정신세계의 무한한 영역에 대해 우리는 알아야 한다.

20세기 초 영국의 구도자이자 옥스퍼드대학교 종교학 교수이며, 《티베트 사자의 서》를 영어로 번역 출간한 W. Y. 에반스 웬츠 Walter Yeeling Evans-Wentz(1878~1965)는 다음과 같이 말했다.

"나는 식물이나 나무들이 영혼을 갖고 있으며, 그것들이 재화신再化身의 법칙을 따른다는 것을 믿어 의심치 않는다."

그러나 그는 인간이 나쁜 카르마로 인해 축생畜生으로 환생할 수 있다는 견해는 부정했다.

"인간이 인간의 세계에서 가장 낮은 차원의 축생, 심지어 벌레나 곤충의 세계로 전락할 수 있다는 믿음은 합리적이거나 논리적이지 않으며, 진화의 법칙과 전혀 일치하지 않는다."

이러한 주장을 뒷받침하기 위해 그는 거의 알려지지 않은 '티베트 밀교'라고 스스로 칭한 가르침을 내세웠다. 그의 설명에 따르면, 사람이 수탉으로 태어난다는 의미는 문자 그대로 환생이 아니라, 욕망으로 가득 찬 인간으로 다시 태어난다는 것을 상징한다. 수탉은 시킴Sikkim(인도의 북동부에 위치한 주의 이름)과 티베트 지역의 대승불교가 설명하는 윤회의 상징 가운데 하나로 욕망을 나타내기 때문이라는 것이다.*

요즘 운 좋게 태어난 반려견들은 젊은 시절에는 요트를 타고,

나이가 들면 전용 요양원에서 지낸다고 한다. 얼마 전 일본 사이타마현 가즈시에 위치한 '애니멀케어하우스'에 관한 기사를 읽었다. 그곳의 한 직원은 치매가 있는 노령견을 무릎에 눕혀 직접 식사를 떠먹이고 있었다. "치매가 있는 노견은 먹는 것을 잊어버리기 때문에 이렇게 먹여야 한다"는 그의 말이 인상 깊었다. 식사를 마친 노령견들은 전용 쿠션에서 낮잠을 자거나, 에어컨이 켜진 넓은 방에서 건강관리를 받으며 자유롭게 걸어 다녔다. 미국 블룸버그 통신에 따르면 전 세계적으로 반려동물의 '인간화humanization'가 진행되고 있으며, 반려동물을 위한 고급 음식과 서비스가 확산되면서 관련 산업이 꾸준히 성장하고 있다고 한다. 이쯤 되면 '인생'보다 '견생'이라는 말이 더 좋아 보일지도 모르겠다. 이에 대해 히말라야의 요가 수행자 스리 스와미 시바난다Sri Swami Sivananda(1887~1963)는 호강에 넘치는 개들은 진화의 사다리에서 굴러떨어진 인간들이라고 말했다.

핀란드를 대표하는 국민음악의 대가 장 시벨리우스Jean Sibelius(1865~1957)는 자신이 몇백만 년 전의 전생에 백조나 야생오리와 관련된 삶을 살았을 것이라고 말했다고 한다. 이런 동물들을 보면

• 프란시스 스토리, 《환생REBIRTH》, 김완균 옮김, 장경각, 1992, p.112.

아주 친밀한 느낌이 들기 때문이라는 이유에서였다. 인도에서는 백조(산스크리트어로 'hamsa')가 절대 자유의 경지에 도달한 영혼을 상징한다. 성자들 중에서도 가장 신성하게 여겨지는 사람을 파라마함사paramahamsa라고 부르며, 이 호칭의 의미는 문자 그대로 '최고의 백조'라는 뜻이다.

캐나다의 작가 맨리 P. 홀Manly P. Hall(1901~1990)도 이렇게 말했다.

"환생과 업의 법칙은 모든 생명체의 부단한 진보를 가능하게 만든다. 인간뿐만 아니라 막대기, 돌, 그리고 별까지도 인간과 더불어 성장한다. 우주 만물이 다 같이 생을 펼쳐나간다. 다시 말해 모든 생명체가 우주 안에서, 그리고 우주를 향해서 성장 발전하는 것이다."••

그리스의 철학자 피타고라스 역시 윤회설을 주장하며, 사람의 영혼이 동물에게도 들어갈 수 있다고 믿었다. 이러한 믿음 때문에 그는 철저히 채식을 고수했고, 제자들에게도 채식을 시켰다고 한다. 피타고라스가 남긴 일화 중 하나로, 어느 날 그가 매를 맞고 있는 강아지를 보고 불쌍히 여겨 이렇게 말했다는 이야기가 있다.

"그만 매질해라. 내 친한 사람의 영혼이다. 울음소리를 듣고 그

•• 《나는 아흔여덟 번 환생했다》, p.179.

를 알아보았다."

《증일아함경增一阿含經》의 팔리어 경전에는 붓다가 다음과 같이 말씀하셨다고 기록되어 있다.

"비구들이여, 지옥에서 무르익는 카르마•가 있고, 축생계에서 무르익는 카르마가 있으며, 인간 세계에서 무르익는 카르마가 있고, 천상 세계에서 무르익는 카르마가 있느니라. (…) 살생, 도둑질, 사음, 거짓말, 비방, 욕설, 허튼소리 등을 일삼는 자는 지옥, 축생계, 또는 아귀餓鬼의 세계에서 환생하게 된다."••

이처럼 붓다, 피타고라스, 시바난다와 같은 소수의 영적 지도자들은 영혼이 하위 생명체로 전락할 수 있다고 말했다. 그러나 대부분의 영혼 전문가들은 이와 다르게 주장한다. 그들은 육체의 진화 과정에서 본래부터 끊임없이 위로 올라가려는 상승기류가 작용하기 때문에 영혼이 하위 생명체로 전락하는 것은 진화의 법칙에 어긋난다고 말한다.

고대 이집트의 〈사자의 서〉는 1,500년 동안 사용된 장례문서이다. 이 문서에는 사람이 피해야 할 악마들의 '부정적 고해'가 기록

• 여기서 '무르익는 카르마'란 불교의 용어로, 한 세계의 거주자로서 새로운 존재를 일으키는 카르마의 실현을 뜻한다. 이 과정에서 환생은 무지를 몰아내고 이해를 촉진하는 수단으로 기능한다.

•• 《환생》, pp.98~99.

환생은 연속되는 삶에서 배움과 진화의 문을 여는 열쇠와 같습니다.

되어 있는데, 그중에는 "인간이 환생할 때 천상의 신이나 인간으로 태어날 수 있지만, 잘못하면 동물이나 평생 굶주림에 시달리는 아귀로 태어날 수 있다"는 구절이 있다. 이에 대해 남방 불교에서는 이 구절을 글자 그대로 해석해야 한다고 주장한다. 반면 북방 불교에서는 이를 상징적으로 해석하며, 동물이나 아귀로 태어난다는 것은 실제로 그런 모습으로 환생하는 것이 아니라 그 특성을 가진 인간으로 태어난다는 의미라고 설명한다.

나는 영혼의 진화는 꼭 인간으로 태어나야만 이룰 수 있는 것은 아니라고 생각한다. 다양한 형태의 존재로 환생할 수 있으며, 이는 영혼이 어떤 경험을 통해 깨달음을 얻느냐에 따라 달라진다. 환생은 연속되는 삶에서 배움과 진화의 문을 여는 열쇠와 같다. 동물과 인간은 동일한 생명적 에너지를 공유하며, 서로 다른 형태의 생명체로 존재한다. 업의 논리로 설명하면, 영혼의 특성과 질서는 다르지만 이 지구에서 함께 살아가야 할 필연적 존재들이다. 영혼은 다양한 형태의 생명으로 환생할 수 있으며, 이를 통해 각기 다른 경험을 쌓아 진화해나간다.

4

나의 불행을 어떻게 행운으로 바꿀 수 있습니까?

행운과 불행의 작동 원리를 보았습니다

'운칠기삼運七技三'이라는 말이 있다. 사람이 인생을 살아가는 데 재주를 뜻하는 '기技'는 3할이고 '운運'이 7할을 차지한다는 말이다. 이런 논리로 본다면, 정말 열심히 노력해서 성공한 사람들은 실소할지도 모른다. 그러나 인생에는 행운과 불운이 함께 따른다. 아무리 머리가 좋고 유능한 사람이라도 운이 따르지 않으면 많은 어려움과 난관에 부딪혀 고생하게 된다. 반면에 대충 살아도 운이 좋아서 잘 먹고 잘사는 사람들도 있다.

만약 인간사에 일어나는 길흉화복과 세상만사가 모두 타고난 운에 의해 좌우된다면, 그것은 지극히 우주의 섭리와 이치에 맞지 않는 논리일 것이다. 지나간 역사를 되짚어보면 인간의 흥망성쇠에서 이해하기 어려운 아이러니를 느낄 때가 많다. 힌두교나 불교에서 말하는 윤회와 환생이라는 긴 시간을 통해 본다면 다음과 같은 이론도 가능하다. 즉, 어느 한 사람의 인생에서 벌어지는 드라마나 그 반대인 역전 드라마까지도 카르마의 원리로 보면 이해되고 수긍할 수 있다. 앞에서 언급한 우주의 섭리는 다른 말로 표현하면 카르마의 법칙과 같은 의미를 가진다.

우리는 깨달음을 통해 집착과 애착을 끊어냄으로써 욕망이라는 마음으로부터 벗어날 수 있다. 그러나 마음은 생명이라는 강과 바다에 떠 있는 나룻배와 같아서, 자신이 만든 카르마의 물결을 따라 흘러간다. 그러므로 강과 바다를 떠난 나룻배가 없듯이, 마음을 비운다는 것은 태어난 사실을 부정하지 않고는 불가능하다. 카르마의 법칙은 진화의 시작부터 끝까지 영혼이 경험한 '죄罪와 덕德'(고통과 행복을 가져오는)의 끈들을 깨달음을 향해 안내하는 신의 뜻이다.

인간은 태어날 때부터 숙명을 가지고 태어난다. 운명이나 행운은 무수한 진화의 단계를 거치며 영혼이 모은 인상印象을 소비하는 수단이나 과정이다. 숙명은 몸을 이루는 뼈와 같아서 바꿀 수 없지만, 운명은 뼈에 붙은 살과 같아서 자신의 노력에 따라 얼마든지 변화시킬 수 있다. 쉽게 말하면, 인간은 70퍼센트의 숙명과 30퍼센트의 운명을 가지고 태어난다는 의미다. 숙명은 타고나는 것이고 운명은 노력에 따라 변할 수 있다는 말이다.

힌두교에서 행하는 정화의식 중에는 '불길 걷기'가 있다. 이 의식은 기도를 통해 두려운 마음을 떨쳐내고, 달궈진 석탄 위를 걸으며 고행함으로써 신에 대한 헌신과 믿음을 증명하는 과정이다. 사람들은 이번 생의 죄를 태움으로써 다음 생에 행운이나 운명이 자동으로 형성된다고 믿었다.

《경제학이 필요한 순간》의 저자인 김현철 교수는 의대를 졸업하고 의사로 활동하다가, 사회의 병을 고치기 위해 실증주의 경제학자가 되었다. 그는 28세에 공중보건의사로 노인들을 진료하던 중 '왜 가난하고 교육받지 못한 사람들이 더 아픈가?'라는 질문을 마주했을 때, 국한된 범위에서 개인의 병을 고치는 것보다 사회의 병을 고치기 위해 경제학을 공부하기로 결심했다. 그는 책에서, 사람은 노력을 통해 20퍼센트의 운명을 변화시킬 수 있지만, 나머지 80퍼센트는 타고난 운이라고 설명한다. 통계는 과학의 기초로 대량의 데이터를 관찰, 정리 및 분석하는 수학의 한 분야이다. 그런데 김현철 교수는 "인생의 8할은 운"이라고 말하고 있는 것이다.•

그러면 여기에서 한 가지 의문이 생긴다. 왜 어떤 사람들은 태어날 때부터 운이 좋은 반면, 그렇지 않은 사람들도 있는 것일까? 신이 공정하다면 왜 이런 차이가 생길까? 열심히 노력해도 잘되지 않는 사람이 있는 반면, 대충 살아도 잘되는 사람이 있다면, 그 이유와 답을 찾고 싶다. 인생에는 우리의 의지로 통제할 수 없는

• 김현철 교수가 어느 인터뷰에서 한 말이다. "태어난 나라에 따라 평생 소득의 50퍼센트 이상이 결정됩니다. 부모가 물려준 DNA가 30퍼센트 비율로 소득에 영향을 미쳐요. 집중하는 힘조차 타고난 유전과 양육 환경에서 나와요. 순수한 내 능력은 제로에 가깝습니다."

일들이 너무 많다. 내가 태어난 국가, 부모, 학교, 친구, 배우자와 같은 운은 인생에서 가장 중요한 요소들인데, 왜 그 운들이 평등하지 않고 나뉘는지 우리는 알아야 한다.

나는 앞서 말한 '운칠기삼'을 통해, 인생에서 일어나는 모든 행운과 불운의 원인이 결국 카르마 법칙으로만 해답을 얻을 수 있다고 말하고 싶다. 카르마의 법칙은 선하고 착하게 살면 그 공덕으로 다음 생에 복을 많이 받아 좋은 인생을 살 수 있다고 말한다. 불교에서는 육바라밀六波羅蜜** 을 통해 수행을 하라고 가르친다. 깨달음을 지향하는 수행을 통해 복을 짓고 선하게 살면, 스스로 부처의 세계에 들어갈 수 있다고 말한다. 또한 다음 생에 환생하더라도 복을 받은 자로 태어날 수 있다고 한다. 예수는 하나님을 믿고 따르면 복을 받아 하늘나라에 갈 수 있다고 가르친다. 가톨릭, 유교, 이슬람교 역시 선하게 살고 계율을 지켜 복 짓는 삶을 강조한다. 《성경》의 "씨 뿌린 대로 거둔다"(〈갈라디아서〉 6:7)라는 말을 굳이 인용하지 않더라도, 과거 생에 지은 인과가 현생의 삶에 여러 형태로 나타난다는 것이다.

김현철 교수는 "나는 운이 좋았고 너는 운이 나빴을 뿐"이라고 인정해야 비로소 약자를 보듬는 마음이 생긴다고 말한다. 타인과

** 생사의 고해를 건너 열반의 피안에 이르기 위해 닦아야 할 여섯 가지 실천덕목으로 보시布施 · 지계持戒 · 인욕忍辱 · 정진精進 · 선정禪定 · 지혜智慧를 말한다.

내가 분리된 존재가 아니라 원래 모두가 하나라는 사실을 받아들이는 것이다. 부자는 자신이 가진 것을 약자와 나누어야 그 가치가 생긴다. 그 운을 자신만의 것이라고 생각하면 오히려 독이 될 수 있다. "분뇨와 돈은 뿌려야 비료가 되지만, 끌어안고만 있으면 오물이 된다"는 말도 있지 않은가.

어떤 남성의 리딩 사례가 있다.

그는 전생에 로마의 네로 황제가 도심에 불을 질렀을 때, 그 재난 속에서 불을 끄고 사람들을 구했던 소방관이었다. 또 다른 생에서는 유럽에 흑사병이 만연할 때 성직자(수녀)로 살았다. 당시 그녀는 자신의 안위를 돌보지 않고 신분의 높낮이를 가리지 않으며, 죽어가는 많은 사람을 위해 진심으로 기도하고, 그들이 앓고 있던 끔찍한 병을 간호했다. 또 다른 생인 조선시대에는 스님이었는데, 임진왜란이 일어나자 나라를 구하기 위해 승병을 이끌고 왜군에 맞서 싸우다 의롭게 죽음을 맞았다.

현재 그는 국책사업을 많이 맡은 기업인이라고 했다. 특히 유럽에서 진행되는 우리나라의 국가사업에도 참여하고 있는데, 그 사업의 방향성에 대해 물었다. 리딩은 매우 긍정적인 결과를 얻을 수 있다고 말했다. 그가 전생에 그 나라(유럽)에서 쌓은 공로와 공덕이 있기 때문이다. 리딩에서는 나라를 위해 봉사하거나 희생한 사람들이 그 나라의 성장과 비례하는 혜택을 받는 경우가 자주 나타난다. 이는 일종의 순국에 대한 보상으로, 어떤 영적인 혜택과 연결되어 있는 것 같다.

외국에서 리조트 관련 건설업과 컨설팅 사업을 하고 있는 40대 남성의 리딩 사례다.

전생에 그는 조선 임진왜란 시기에 동진童眞 출가한 스님으로, 깊은 산속에서 은둔하며 수행하던 중 나라가 위기에 처하자 산에서 내려와 승병을 이끌고 왜군과 싸웠다. 스님은 어느 전투에서 장렬하게 전사했지만, 그의 공적은 후세에 전해지지 않았다. 조국을 위한 호국護國의 흔적은 아침 이슬처럼 영롱했으나, 무덤조차 남기지 못했다. 그 후 그는 1800년대 조선시대에 만석꾼 집안의 아들로 태어나 대감으로 살았다. 그가 명망 높은 인품을 갖춘 부자로 살 수 있었던 것은 어쩌면 임진왜란 때 나라를 구하기 위해 희생한 공덕에 대한 보상이었을지도 모른다.

그러나 그 시기 창궐한 역병(콜레라)으로 수십만 명이 목숨을 잃었다. 병이 심한 지역은 폐쇄되거나 불에 태워졌으며, 돌림병에 걸린 사람들은 이웃에게 외면당했다. 당시 돌림병은 곧 죽음을 의미할 만큼 공포의 대상이었다. 이 병은 '호열자虎列剌'라고도 불렸는데, 이는 호랑이에게 물려 몸이 찢기는 듯한 고통을 의미했다. 그때 대감의 집에서 잡일을 하던 하인이 있었는데, 그의 어미가 돌림병에 걸리자 가족들에게 병이 옮을까 두려워한 나머지 뒷산 밤나무에 목을 매달아 자살했다는 충격적인 소식이 들려왔다. 대감은 그 시신을 수습하여 조촐하게 장례를 치러주었고, 곳간을 열어 마을 사람들에게 곡식을 나누어주었다. 그는 환자들을 위한 별도의 공간을 마련해 격리하여 돌보았다. 그렇게 그가 구한 사람이 수백 명에 달했다.

리딩에서는 그가 전생에 쌓은 큰 공덕으로 이번 생에 특별한 선물을 받을 것이라고 했다. 그 선물이 정신적인 것이든, 물질적인 것이든 말이다. 리딩이 끝난 후, 깊은 생각에 잠긴 듯 고개를 숙이고 있던 남성은 나를 보며 말했다. 그는 젊었을 때 미국으로 유학을 갔고, 그곳에서 학교를 다니던 어느 날부터 고향집 뒤에 있는 선산에 가는 꿈을 자주 꾸게 되었다고 했다. 그곳은 원래 바위가 없는 낮고 완만한 산이었는데, 꿈에서 본 선산은 이상하게 중간 부분부터 산꼭대기까지 큼직한 바위가 가득했다. 그리고 바위가 모두 황금색으로 빛나서 마치 큰 금덩어리가 산에 박혀 있는 것 같다고 생각했다고 한다. 반복되는 꿈속에서 어느 날 그 바위 밑을 파보았더니, 수많은 동전이 쏟아져 나왔다. 동전들은 금화로 변해 그의 손에 가득히 쌓였다. 그즈음 친한 외국 친구의 권유로 비트코인에 투자하게 되었다. 당시에는 1코인이 1달러에 불과했다. 그는 선친에게 물려받은 재산 덕분에 큰 부담 없이 많은 코인을 구입할 수 있었고, 그 결과 1천억 원이 넘는 돈을 벌 수 있었다.

기독교에서는 〈창세기〉에 등장한 두 나무로 인해 생명과 죽음이 있게 되었는데, 《성경》의 마지막 책인 〈요한계시록〉 22장에 등장하는 한 나무로 인해 만국이 회생한다고 한다. 그 나무가 바로

타고난 운명은 바꿀 수 없지만,
자신의 행동과 선택은 미래의 운명을 변화시킬 수 있습니다.

《성경》에서 말하는 생명나무(〈창세기〉 3장 에덴동산에 등장하는 나무)이다. 리딩은 항상 말한다. "착하고 선하게 살아라. 그 결과가 비록 이번 생에서 이루어지지 않더라도, 분명 다음 생에서는 그 생명나무의 열매를 따 먹을 수 있을 것이다."

5

평범한 사람도 전생을 보는 것이 가능합니까?

마음의 미로에 숨겨진 전생을 보았습니다

싯다르타(붓다)는 550번의 전생을 기억했다고 전해진다. 그는 전생을 알고 싶어 하는 사람들에게 이렇게 가르쳤다.

"철저하게 깨어 있는 의식을 유지하고 마음을 고요하게 하라. 무아의 경지를 열심히 수행하여 혜안을 얻으라. 그리고 홀로 깨어 있으라."•

전생은 인간의 무의식 속에 저장되어 있다. 마치 아주 오랜 세월 모래사막 속에 파묻혀 사라진 도시와 같다. 그곳에서 살았던 사람들의 흔적을 찾으려면 먼저 모래더미(삶의 기억)를 걷어내고 남아 있는 마을의 형태와 그들이 남긴 삶의 흔적을 찾아내야 한다. 마치 2,000년 전 이탈리아의 베수비오 화산 폭발로 묻힌 도시 폼페이를 발굴하는 작업과 비슷하다. 자신의 전생을 투시하려면 수많은 층으로 이루어진 무의식의 계단을 따라가야 한다. 그러나 그 계단은 정말 길고 깊어서 따라가기가 쉽지 않다.

• 《나는 아흔여덟 번 환생했다》, p.232.

나는 25년간 약 2만 5,000건 이상의 전생을 봐왔다. 내가 다른 사람들의 전생을 볼 수 있는 능력은 순간적으로 깊은 명상에 들어가 무의식 상태에 도달함으로써 가능하다. 그러나 그런 깊은 명상 상태로 짧은 시간(대략 2~3분) 안에 진입하는 것은 쉽지 않다. 그것은 마치 심해를 탐사하는 잠수부가 부력과 수압을 극복하고 해저 깊숙한 바닥에 도달하는 것보다 더 어렵다. 여기서 부력과 수압을 비유하자면, 인간이 가진 욕망(부력)과 생각(수압)이다. 이러한 욕망과 생각으로 잘 짜여진 염체念體(사람의 생각思念이나 느낌正念으로 만들어지는 독립적인 생명력을 지닌 특별한 에너지체)는 카르마의 원인이 되어 그것을 만든 사람의 무의식 속에 쌓이게 된다. 그 따개비처럼 쌓여 있는 기억의 무덤으로 찾아가, 그 비석에 새겨진 비문을 읽어내는 작업이 전생 리딩이다. 그 비문에는 그 사람이 살았던 다겁생의 기록들이 모두 적혀 있다.

또 다른 방법으로는, 그 사람이 가지고 있는 염체가 외부로 방사하는 진동과 파동을 읽어내어 해석하는 것이다. 그것은 마치 모스부호처럼, 누구라도 자신의 영적 사이클을 무의식의 주파수에 맞출 수만 있다면, 그런 방법으로도 다른 사람들의 전생을 탐사할 수 있다. 내가 초보자였을 때는, 같은 공간에 있으면서도 볼 수 없는 다른 공간을 보는 방법을 스승님에게 배웠다. 비유하자면, 물결이 이는 강물이나 호수는 그 물결에 반사되는 빛의 파장(현재 의식에서 분산된 여러 생각과 상념들) 때문에 물속을 볼 수 없다. 그러나 물속에 머리를 파묻고 보면 그 아래의 광경을 선명하게 볼 수 있다. 이는 '무의식이 무의식을 만난다'는 말과 같다.

이러한 능력을 얻으려면, 현실에 젖어 있는 온갖 생각과 마음의 불순물들을 제거하고 정화해야 한다. 그러나 그 과정은 결코 쉽지 않다. 왜냐하면 인간의 마음은 다양한 생각과 감정, 그리고 그로 인해 생겨나는 수많은 상념으로 가득 차 있기 때문이다. 그것들이 염체를 형성하며, 이는 삶에 많은 영향을 미친다. 염체는 의식적이든 무의식적이든, 스스로의 마음이 만들어낸 또 다른 자신이다. 우리가 만들어낸 염체는 독립된 생명력을 가진 존재이다. 일상 속에서 우리가 말하고 생각한 감정들이 모여 형성된 염체는, 인간의 복체複體인 에테르체Etheric Body*의 에너지를 통해 불가해한 생명을 이어간다. 이렇게 만들어진 염체에서 비롯된 말과 행동은 부메랑처럼 되돌아오며, 그 기록들은 잠재의식과 무의식에 저장되어 카르마라는 자연법칙의 원형을 만든다.

염체는 두 가지 종류로 나눌 수 있다. 봉사와 헌신을 통해 긍정적인 자비심과 사랑의 힘을 원천으로 하는 긍정적인 염체와, 부적절한 욕망과 사적인 이기심으로 형성된 부정적인 염체이다. 긍정적인 염체를 가진 사람은 아름답고 행복한 삶을 살 수 있으며, 반

* 영계와 물질계 사이에 있는 에테르계에 존재하는 생명체로서 아스트랄체와 육체 간의 매개체이다.

면 부정적인 염체를 가진 영혼은 타락하여 불행한 삶을 살게 된다. 인간은 자신의 삶에서 경험하는 고통을 통해 부적절한 카르마를 해결하고, 사랑하는 사람의 카르마를 대신 정화하겠다는 결심을 가지고 태어나기도 한다.

인간이 윤회와 환생의 법칙에 따라 물질체인 육신을 가지고 이 세상에 태어나는 이유는, 자신의 본래 신성을 되찾아 실현하려면 반드시 카르마의 조정을 받고 삶에서 정해진 몫을 이행해야 하기 때문이다. 그리고 명상 상태에 들어가 편안하고 수용적인 마음을 가져야만 자신이나 다른 사람들의 영적 정화와 발전을 도울 수가 있다. 인간의 육체는 화신化神한 영靈의 변장變裝이며, 카르마를 정화하기 위해 주어진 도구에 불과하다. 그래서 인간은 자신이 왜 이 지구에 태어났는지에 대한 본질을 찾고, 우리 자신이 만들어낸 존재에 대한 집착에서 비롯된 모든 의도적 욕망과 갈애, 그리고 그 원인을 찾아야 한다. 그래서 이를 깨닫고 완전히 정화된 인간, 즉 아라한이 되기 위해 노력해야 한다.

붓다는 "소리에 놀라지 않는 사자가 되고, 그물에 걸리지 않는 바람이 되라"고 가르쳤다. 그러나 그러한 영적 상태에 도달하는 것은 결코 쉬운 일이 아니다. 마치 심마니가 산삼을 캐기 위해 끊임없이 산속을 탐색하거나, 어부가 거친 바다에서 파도와 싸우는 것처럼 엄청난 집중력으로 자신과의 싸움을 끌고 가야 한다. 이때 필요한 것은, 마음을 집중하면서 현재의 의식과 무의식의 자아를 분리할 수 있는 능력을 기르는 것이다.

전생을 탐사하는 기술에는 여러 가지 방법(최면, 명상, 요가, 특이한 호흡법)이 있다. 인도의 철학자이자 산스크리트 문법학자 파탄잘리Patañjali가 저술한 기원전 150년경 최초의 요가 교본이라고 일컬어지는《요가 수트라Yoga Sutras》에서는 전생의 기억이 '치타chitta', 즉 무의식 속에 남아 있다고 한다. 영적으로 진화한 사람들은 사념思念의 파장에 깊이 몰두함으로써 그 기억을 회복할 수 있다고 한다.

염체는 사념의 파장에서 만들어지는 결정체이다. 육신을 입고 있는 인간이 자신의 카르마를 정화해나가는 과정에서 가장 중요한 필수 조건은, 선한 마음가짐을 바탕으로 한 행위이다. 이 과정에는 한없는 용서를 통해 서로 돕고 사랑하며 헌신하는 인류애가 포함되며, 이는 가장 강력하고 긍정적인 염체를 만들어낸다. '진리의 탐구자'는 신성을 찾아내는 훈련(명상)을 통해서 가능하다. 인지학人智學의 창시자인 루돌프 슈타이너Rudolf Steiner(1861~1925) 또한 올바른 명상을 통해 전생의 기억을 회복할 수 있다고 말했다.

나는 자신이 가진 유전적인 조건도 어느 정도 있어야 한다고 생각한다. 어머니가 나를 임신했을 때 토마토를 엄청나게 많이 드셨다고 했다. 그리스 신화에서 토마토는 사랑의 여신 아프로디테의 눈물에서 생겨난 황금 과일이라고 전해진다. 영국 속담에는 "토마토가 빨갛게 익으면 의사들의 얼굴이 파랗게 질린다"라는 말도 있다. 토마토를 자주 먹으면 병원에 갈 일이 그만큼 적어진다는 뜻이다. 내가 리딩을 통해 관찰한 바에 따르면, 토마토는 지구의 과일 중에서 치유의 에너지가 가장 많이 함유된, 신이 만든 채소이다.

태아기부터 그런 토마토의 에너지를 먹고 자라서인지, 나는 영적으로 다른 사물을 주의 깊게 관찰하는 어린 시절(3~4세)을 보냈다. 그때 내가 본 자연 풍경 중에는, 산속에 피어 있는 들꽃이나 나무들 옆에 있는 요정이나 정령이 있었다. 숲속에 있는 그들은 나보다 작았고, 낮에는 보였으나 밤에는 사라져 보이지 않았다. 또 어떤 때는 머리에 뿔이 난 아주 작은 키의 사람들 모습도 보았다. 그들은 여러 명이 모여 다녔고, 나의 시선을 느끼면 눈앞에서 사라졌다.

어린 시절 시골의 외할머니 집에서 살았던 나는, 내가 본 그 존재들이 궁금해서 할머니가 밭일을 하러 갈 때 곧잘 뒤따라가 혼자 놀면서 그들을 찾곤 했다. 하지만 그 존재들이 보이는 날은 드물었다. 그때 보았던 것들에 대한 궁금증은 시간이 지나면서 점점 잊혔다. 내가 보았던 광경에 대해 어떤 정보도 알지 못했던 나는, 그렇게 혼자서 어린 시절을 보냈다. 이후 부모님이 계시는 도시로 돌아와 초등학교에 다니면서, 내가 보았던 숲속의 정령과 요정, 머리에 뿔이 난 작은 키의 존재가 동화책에 나오는 도깨비와 비슷하다고 생각했다. 그러나 그때 내가 보았던 것에 대해 누구에게도 말하지 않았다. 왜냐하면 그것들이 비현실적 존재라는 사실을 점점 깨달았기 때문이다.

대학생이 된 후, 운이 좋게도 영적 분야에서 공부를 많이 하신 스승님을 만나 수행과 공부를 할 수 있었다. 명상을 통해 스스로 최면과 같은 신체적 이완 상태로 들어갈 수 있었고, 앞서 설명했듯이 물속에서 눈을 뜨는 것처럼 사람들의 무의식으로 들어가는 공부를 했다.

무의식과 잠재의식의 차이는 같은 집에 살지만, 다른 방에 있는 것과 같다고 볼 수 있다. 우리의 생각, 행동, 습관은 잠재의식에 있는 정보에 의해 반복적으로 발현되며, 결국 무의식 속에 녹아들어 고정된 습관으로 자리 잡는다. 이를 비약적으로 해석하면, 전생에서 학습된 잠재의식의 경험들이 무의식에 저장된다는 것이다. 잠재의식은 인간의 무의식과 의식 사이의 중간 과정에 있는 정신 영역이다. 우리는 일시적으로 그것을 의식하지 못하지만, 필요하면 떠올릴 수 있는 생태적 기제를 가지고 있다. 다시 말해, 외부 자극(예를 들면 최면 안내자)에 의해 무의식 속에 있던 어떤 사건들이나 그에 따르는 경험들을 다시 끌어낼 수 있다.

전생을 기억해내거나 다른 사람의 전생을 볼 수 있는 테크닉 중에는 최면이 있다. 신비한 예언가 에드거 케이시는 원인을 알 수 없는 목 마비 증상을 치료하기 위해 최면 치료를 받으면서, 자신이 예언 능력이 있다는 사실을 발견했다. 케이시는 자신이 전생에 수백 년 전 이집트에서 신비로운 능력을 개발한 고승이었다고 한다. 나 또한 처음에는 최면을 통한 영적 경험에서, 다른 차원을 볼 수 있는 남다른 영각靈覺을 가질 수 있었다. 이러한 영적 소질은 내가 전생에 그리스에서 여사제로 살았을 때, 아폴론 신전에서 신탁을 하던 장면과 연결되어 있다. 내가 나의 전생을 목격한 당시의 장면은 다음과 같다.

나는 신접神接을 맞이하는 깊은 동굴 입구에 있는, 세모난 모양의 높은 받침대 위에 선다. 그리고 깊은 명상 상태로 빠져들면서, 산문散文(보이는 대로 표현하는 자유로운 내용)으로 신탁의 줄거리를 말한다. 그러면 그 내용을 신전에 있는 신관이 운문韻文(언어의 배열에 일정한 규율이 있는 글로 다듬어진 문장)으로 바로잡고 해석하여, 신탁을 의뢰한 사람에게 전한다. 그때의 전생에서 나의 신탁을 해석해주었던 신관이, 현생의 나의 스승님이다.

고대 미스테리아 종교에서는 유명한 여사제와 여자 예언가들이 수없이 많았다.*

전생을 기억해내는 방법으로 호흡법도 있다. 내가 수련했던 호흡법을 간략히 설명하려 한다. 나는 하루에 1,000번의 절 수행을 했고, 호흡이 안정되면 일정한 호흡수에 맞춰 다음과 같은 방식으로 수행을 이어갔다. 1분에 18번** 호흡하는 호흡법을 통해 염력念力을 상상법으로 만들어내어 내 안에 잠재된 영적 각성의 세포들을 활성화한다. 상념에 젖어 있던 낡은 세포들을 버리고 새로운 각성의 세포들을 생성하는 것이다. 18번의 들숨과 날숨 속에는 호흡의 강약과 흐름의 고저가 있으며, 이때의 진동수가 뇌의 전두엽에 있는 특별한 뇌세포에 전달되어 활성화되도록 조절할 수 있어야 한다. 또한, 이 과정은 고도로 집중된 시간 속에서 이루어져야 한다. 심화 단계에서는 호흡을 잠시 멈추고 숨을 참아 의식이 아득히 희미해지는 극한 상태에 도달한다. 이후 다시 호흡의 횟수를 조절하며 다시 반복하는 호흡법을 통해 뇌를 각성시킨다. 그러나 이 단계는 부작용의 위험이 높아 신중한 접근이 필요하다.

• 티모시 프리크·피터 갠디, 《예수는 신화다The Jesus Mysteries》, 승영조 옮김, 동아일보사, 2002, pp.167~168. 그리스 동부의 에게해에 있는 레스보스섬의 위대한 시인 사포Sappho와 그녀의 자매들은 아도니스 미스테리아의 여사제였다. 플라톤의 《대화편》에 등장하는 '디오티마'라는 여인은 소크라테스를 가르쳤다는 전설적인 여사제라고 알려져 있다. 그녀의 신분은 오늘날의 표현으로는 무녀巫女였다. 피타고라스도 '테미스토클리아Themistoclea'라고 불린 델피(고대 그리스의 도시)의 여사제에게 윤리적 가르침을 받았다. 피타고라스는 평소에 "여성은 선천적으로 신앙심이 더 깊다"고 언명했으며, 자신의 가르침을 글로 옮기는 일도 여성인 그의 딸 다모에게 맡겼다.

•• 그리스도교에서 하나님은 12천사를 창조했고, 이 천사들은 황도 12궁(태양의 궤도를 분할하는 12개의 별자리)으로 우주를 에워싸고 지배한다. 시공 속에 편재한 우주의 주기는 인간에게도 반영된다. 예를 들어, 인간의 평균 호흡수는 사람마다 다르지만 대략 1분에 18번 정도다. 이를 계산하면 인간은 하루에 약 2만 5,920번 호흡한다(18회×60×24). 이는 태양이 황도를 한 바퀴 도는 춘분점 주기와 같은 숫자로, 황도대를 일주하는 데 걸리는 연수와 일치한다. 이 주기는 우리가 태양계에서 측정할 수 있는 가장 긴 주기로, 2만 5,920년은 '플라톤의 년年'으로 알려져 있다. 《나는 아흔여덟 번 환생했다》, p.47 참조.

그러나 나의 전생 리딩 능력과 영적 수준은 아직 초보 단계에 불과하다. 더 높은 단계로 나아가기 위해서는 지금보다 더 높은 진동수를 갖기 위해 노력해야 한다. 그 노력은 명상과 기도를 통해 더 높은 차원을 투시할 수 있는 공부를 의미한다. 명상은 내면의 신을 만나는 것이며, 기도는 신의 마음을 움직이는 것이다. 우주의 지혜를 전한 사람 중에서는 아인슈타인과 스티븐 호킹 박사와 같은 위대한 물리학자들을 꼽을 수 있다. 그들은 우주의 법칙을 깨달은 영혼들이었고, 무의식 상태에서 그 법칙을 기억해낼 수 있었다.

반복되는 꿈을 꾸는 사람들은 그 꿈의 내용이 자신의 전생과 연결된 통로일 수도 있다. W. Y. 에반스 웬츠는 이렇게 말한다.

"꿈의 특성을 과학적으로 탐구하기 위해 요기들은 자기 의지대로 꿈의 상태에 들어갔다가 깨어 있는 상태로 돌아오는 법을 배운다. 이렇게 해서 두 상태가 모두 환영이라는 것을 깨닫는다. 이 훈련을 통해 전생의 기억을 그대로 가지고 태어날 수 있다. 죽음은 꿈의 상태로 들어가는 것이고, 탄생은 깨어 있는 상태로 돌아오는 것이기 때문이다."•••

꿈은 자주 과거 생과 연결되어 있으며, 만약 우리가 어떤 꿈에

••• 《나는 아흔여덟 번 환생했다》, p.233.

주의를 기울인다면 우리의 영적 진보가 더 쉬워질 수도 있다. 리딩에서는 그 이유에 대해 "우리가 꾸는 꿈들은 단편적인 환상이 아니다"라고 말한다. 꿈은 우리가 전생에서 오랜 세월 함께해온 의식의 일부분이기 때문이다.

도로시 이디Dorothy Eady(1904~1981)는 전생을 기억한 고고학자로, 미스터리한 삶의 기록을 남겼다. 영국 런던에서 태어난 그녀는 3세 때 계단에서 굴러 떨어져 사망 선고를 받았지만, 장례식을 준비하던 중에 깨어나 침대에서 놀고 있었다. 부모는 그 모습을 보고 크게 놀랐다. 그때부터 이디는 거대한 기둥이 있는 건물에서 살았던 꿈을 반복해서 꾸기 시작했고, 부모에게 눈물을 흘리며 "집에 가고 싶다"고 말했다. 4세 때 부모와 함께 대영박물관을 방문한 이디는 전시된 고대 이집트 조각상들의 발에 키스를 하며 복도를 마구 뛰어다녔다. 성인이 된 이디는 생전 과학적으로는 도저히 풀 수 없었던 고대 이집트에 얽힌 미스터리를 해결했다. 그녀의 말을 바탕으로 발굴과 연구가 이루어졌고, 사실로 입증되기도 했다. 그녀의 삶과 업적은 여러 다큐멘터리, 기사, 전기에서 다루어졌으며, 〈뉴욕타임스〉는 그녀의 이야기를 "환생의 역사에서 서양 세계에서 가장 흥미롭고 설득력 있는 현대 사례 중 하나"라고 평가했다.

그러나 한편에서는 도로시 이디가 3,300년 전 죽은 이집트 무녀의 영혼에 빙의된 것이라고 주장하는 이들도 있다. 하지만 이는 영혼의 세계에 대한 이해 부족에서 비롯된 것이다. 도로시 이디는 빙의된 것이 아니라 '워크인walk-in(육신을 떠나는 영혼과 교체되어 들어오는 영혼)'이 된 것이다. 영적 차원에서 환생과 워크인의 차이를 설명하는 것은 매우 어렵다.* 도로시 이디는 3세 때 계단에서 일어난 사고로 죽음의 문턱을 넘었다. 당시 의사는 그녀에게 사망 선고를 내렸다. 그러나 그 찰나의 순간 3,300년 전 이집트 무녀였던 벤트레시트**의 영혼이 도로시 이디의 빈 영혼의 공간을 차지했다. 그 이후 이디는 의학적으로는 설명할 수 없었지만, 기적적으로 소생해 77세로 사망할 때까지 벤트레시트의 영혼으로 살았다. 그녀의 영혼은 3세 때 바뀌었지만, 과학적으로 설명할 수 없다는 이유로 그녀의 업적은 학계에서 냉담하게 평가받고 배척되었다. 그녀가 풀어낸 수수께끼들은 여전히 이집트 고고학의 미스터리로 남아 있다.

힌두교나 불교의 경전에 기록된 환생에 대한 가르침을 보면 과

---

* 일반적인 빙의는 인간의 몸속에 다른 영혼이 들어와 두 개 이상의 영혼이 혼재混在하는 상태를 의미한다. 하지만 도로시 이디의 경우에는 사망 선고를 받은 순간 이디의 영혼이 몸을 떠났고, 그 자리에 새로운 영혼이 들어온 것이다. 따라서 도로시 이디의 사례는 워크인 개념으로 설명할 수 있다.

** 도로시 이디에 따르면, 벤트레시트Bentreshyt는 고대 이집트에서 살았던 인물이다. 고대 이집트 제19왕조 제2대 파라오인 세티 1세 시대의 여성으로, 아비도스Abydos에 있는 오시리스 신전에서 활동했다고 밝혔다.

전생으로의 여정은 자신과 세계에 대한
깊은 통찰과 성찰을 요구하는 영적 탐험입니다.

거 생에 살았던 영혼이 어떤 극단적인 사건으로 특별한 생명적 위기에 처한 사람의 육체를 차지할 수 있을까 하는 의문이 든다. 이러한 의문에 대해 리딩은, 육체가 가진 영적 환경이 맞으면(영적 진동수가 일치하면) 충분히 그 육체에 깃들고 머무를 수 있다고 설명한다. 그리고 그러한 사건의 전개는 미리 짜여진 영적 계획의 일부일 수 있다.

전생을 기억해내는 수련 중 가장 쉬운 방법은 하루하루의 일과를 관찰하는 것이다. 오늘 아침에 무슨 생각을 했고, 낮에는 어떤 행동을 했으며, 저녁에는 어떤 마음으로 하루를 마쳤는지에 대해 관찰하고, 진심으로 반성하며 진정성을 가지고 참회하는 일이다. 그런 마음으로 전생을 떠올려보면 오늘 하루와 연결된 전생의 이야기들이 떠오를 수 있다. 그러한 이야기의 중심으로 다가가면서 그와 연결된 여러 상상의 장면들을 만나보라. 이러한 연습을 반복하다 보면, 전생으로 가는 미로를 찾을 수 있을지도 모른다.

그러나 전생 수행은 영적으로 불안정한 사람에게는 적합하지 않다. 마치 육체적으로 허약한 사람이 물 한 병만 들고 사막을 횡단하려는 것처럼 무모한 일이 될 수 있다. 정신적·육체적 균형이 잡혀 있지 않으면 영계의 문을 열어서는 안 된다. 해롭고 사악한 영혼이 그 사람의 영혼 속으로 침범할 수 있기 때문이다. 영국의 환생 연구가인 제임스 H. 브레넌James H. Brennan(1940~2024)은 이렇게 말했다.

"만약 의사가 당신에게 흥분을 피하라고 권고했다면, 전생을 탐구할 생각은 하지 마라. 그것은 편안한 작업이 아니다. 그러나 이 여행을 할 준비를 충분히 갖추었다고 생각한다면 더 이상 망설일 게 없다."

현재 의식과 무의식의 균형을 맞추는 일은 타고난 기질과 오랜 수행이 필요하다. 수행의 목적은 오직 영적 성장을 추구하는 것이어야 한다. 그렇지 않고 단순한 호기심으로 무의식에 대한 안전장치를 무시하고 함부로 접근해서는 안 된다. 사람에 따라 자신의 정신세계를 파괴할 수 있는 악몽 같은 영적 현상들에 시달릴 수 있기 때문이다. 이는 마치 판도라의 상자를 열어놓는 것과 같을 수 있다.

6

인류가 지구상 최초이자 최후의 종족입니까?

지구에 존재한 6단계 삶의 차원들을 보았습니다

많은 사람의 전생 리딩을 하다 보면, 선사시대에 살았던 사람들의 전생이나 고대 문명과 연결된 삶의 장면들을 목격하는 경우가 종종 있다. 리딩을 통해 그런 통로를 따라 태초의 시간이라고 짐작되는 공간에 들어가면, 말이나 글로는 표현할 수 없는 놀라운 현상들을 만나게 된다. 《성경》에서는 하나님이 빛으로 세상을 밝혔다고 기록되어 있는데, 그 빛의 원천이 어디서 시작되었는지 우리는 모른다. 또한 "태초에 하나님이 하늘과 땅을 창조하셨다"(〈창세기〉 1:1)는 구절이 있다. 그렇다면 하늘과 땅이 창조되기 이전에는 그곳에 무엇이 있었을까? 그 질문에 리딩은 이렇게 말한다.

그곳은 너무나 아득하고 심원해서 인간이 이해할 수 없는 공허함만이 존재한다. 암흑은 빛을 이길 수 없지만, 그곳의 암흑은 빛으로도 밝힐 수 없다. 그곳에는 소리도, 진공도, 그 어떤 혼란도 없다. 그리고 정적靜寂도 없다. 그러나 그곳이 깨어나는 순간, 우주의 시간과 공간이 시작되었다. 우리가 '신'이라고 부르는 힘은 그 전부터 항상 존재해왔다. 그 이유는 신이 없으면 아무 일도 일어날 수 없기 때문이다. 어떤 사물의 형태도, 그 형태의 존재마저도 설명할 수 없기 때문이다.

인간이 창조되기 전에는 아카식 레코드Akashic Records(과거, 현재, 미래의 모든 사건, 상념, 감정이 기록되어 있는 세계의 기억 장치)가 존재하지 않았기 때문에, 어떤 영혼이 있었다 하더라도 그 기억은 존재하지 않는다.* 창조주가 행성들의 궤도를 정렬하여 움직임과 질서의 조화를 부여할 때까지, 영혼은 단지 창조주가 가진 수많은 영적 계획 중의 하나에 불과했다.

나를 찾아온 내담자는 자신이 자주 꾸는 꿈의 장면을 이야기해 주었다. 그는 자신이라고 느껴지는 어떤 존재가 자욱한 안개 속에 갇혀 산속을 헤매는 꿈을 밤새도록 꾼다고 했다. 그러면서 안개가 걷히면 자신도 함께 사라지는데, 그런 꿈을 꾼 날에는 현실에서 그 장면들이 현실의 실상實像과 겹쳐 보이면서 이유도 모르게 심신이 지쳐 매우 힘든 하루를 보낸다고 했다. 그 사람의 전생 리딩에서, 그의 경험은 선사시대 이전 혼불魂火의 형태로 존재했던 때

* 아카식 레코드는 산스크리트어로 '아카샤의 기록'이라고도 불린다. 우주 기억의 다른 말이다. 아카샤의 기록을 히브리 신학자들은 신의 기록을 담은 책이라고 부르고, 형이상학자들은 우주심宇宙心이라고 한다. 내가 리딩의 근거를 둔 것은 인류 창조 이후의 기록들이다. 그 이전에 있었던 우주 본성이 가진 원래 기록에 관한 것은 앞에서 말한 인류의 아카식 레코드와는 분리해서 설명해야 한다.

와 연결되어 있다고 했다.

혼불이란 무엇인가? 혼불은 빛의 구조를 가진 어떤 변형체라고 할 수 있다. 그런데 왜 그는 꿈에서 현생의 자신과 연결된 혼불을 본 날에 심한 무력감으로 힘들어할까? 혼불은 무형의 에너지체이며, 그것은 태초에 이 지상에 태어나기 전에 존재했던 원래의 자신, 즉 생명의 씨앗이다. 그런데 그 씨앗의 본래 에테르체가 지구에 존재하는 자신과 분리되어 다른 행성에서 새로운 존재로 태어날 때 이러한 현상이 발생한다고 리딩은 말한다. 다르게 표현하면, 지구에서 살아가는 자신의 생명적 존재가 다른 행성에서 분화되어 태어나는 생성 과정(하나의 에테르체가 분산되는)에서 일어나는 현상이라는 것이다. 이러한 현상에 대해 리딩은 더 깊은 설명을 해줄 수는 없지만, 다중 우주론에서 보면 자신의 또 다른 일부가 물질계에서든 비물질계에서든 존재한다는 것이다.

리딩은 이 현상들이 우주를 주관하는 신의 의지에 따라 진행되는 영적 계획의 일부분이라고 말한다. 그러면서 자신의 영혼이 여러 우주와 행성에서 또 다른 경험을 공유할 시기가 되면, 신이 그 이유를 알게 해준다고 한다.

지구에 처음 나타난 제1의 근원 종족*은 실체가 없으면서도 어른거리는 그림자를 지닌 무형의 존재들이었다. 이를 인간의 의식 수준에서 해석해보면 에테르체라고 말할 수 있다. 이 에테르체가 가진 에너지는 인간의 생명력과 직결되는 우주 에너지다. 이들은 안개와 같은 불로 구성되어 있다. 마치 달빛이 바다나 호수 표면에 어른거리는 그림자를 남기듯, 이 존재들은 짙은 안개 속에 숨은 불빛과도 같다. 에테르체는 다소 막연한 에너지체로 우리가 볼 수 없는, 보이지 않는 세계에 존재한다. 그리고 그 형체는 다른 차원에 있는 존재들의 기본적인 활동과 깊은 관계를 맺고 있다고 설명할 수 있다.

에테르체는 그 자체의 본체와 복체를 가지고 있다. 복체는 같은 오라장이나 파동체를 지닌 존재들에게 시공을 넘어 작용하는 특수한 에너지장이다. 우주는 이 에테르의 에너지로 충만해 있으며, 이 광활한 공간은 인간의 개념으로는 이해할 수 없는 신으로부터 부여받은 영혼을 가진 생명체들로 가득하다.

고대 세계에 살았던 인류는 눈에 보이는 하늘 이외의 공간에 대해서는 몰랐기에 우주에 대한 지식에는 한계가 있었다. 그러나 아리스토텔레스는 지상에 존재하는 생멸의 물체들과는 달리, 영원한 운동을 지속하는 존재가 있다고 보았다. 그것이 바로 에테르체다. 에테르체는 인간의 감각으로는 설명할 수 없는 불가해한 영역

• 현재의 인류는 지구상에 존재한 최초의 종족이 아니다. 지구상의 종족은 6단계로 나뉘며, 현생인류는 그중 5번째 단계에 속한다. 각 단계의 종족에 대해서는 본문에서 후술된 내용을 참조하라.

에 속하는 특성을 지니며, 그 힘과 본질은 물리적 현상을 초월하는 순수한 에너지로, 모든 우주의 생명체와 근본을 이룬다.

우주 에너지의 영적 원소인 에테르체는 인간의 육신을 구성하는 중요한 중심체이다. 이 부분이 과학자들에 의해 발견되고 증명된다면, 인류의 생명 현상과 건강 문제에 있어 놀라운 지평을 열 수 있을 것이다.

제2 근원 종족에 대한 부분은 내가 명상 상태에서 심층으로 들어갔을 때 본 장면들이다. 그들은 대부분 태평양과 북아시아 지역에 속한 해역海域에서 살고 있었다. 그들은 바다를 배경으로 자신들의 삶을 이어갔으며, 그중 대표적인 수중 생명체는 돌고래들이었다. 우리가 살고 있는 행성의 명칭은 '지구地球'보다 '수구水球'가 더 적절할 것 같다. 지구의 70퍼센트 이상이 물로 이루어져 있기 때문이다. 이 존재들은 지구상에 인간이 번성하기 직전의 생태계를 구성하고 있었다. 그때는 땅에서 인간이나 다른 생명체가 생존할 수 없는 환경이었기 때문이다. 그들의 지능지수IQ는 인간과 많이 닮아 있었는데, 개체수는 많지 않았다. 인간과 외모는 달랐으나 우주 에너지의 다른 진동수에 영향을 받고 따르는 수구족水龜族이었다.

한 내담자의 전생 리딩은 그가 바다에서 돌고래로 살았던 생이 있었다고 말했다. 그러자 그는 갑자기 눈물을 흘리면서 격한 감정을 보였다. 리딩이 끝난 후, 그는 자신이 눈물을 흘린 이유를 들려주었다. 이전에 어느 수족관에서 벨루가(흰고래)를 처음 봤을 때, 온몸으로 전해지는 말로 표현할 수 없는 어떤 친밀감을 느꼈다고 했다. 그 감정은 자신의 것이 아니라, 아주 먼 우주의 별에서 찾아낸 어떤 빛나는 보석 같은 환희심歡喜心과 비슷한 느낌이었다고 했다.

그런데 그 시기에 지구의 바다에 대이변이 일어났다. 바다에서 만조(밀물)와 간조(썰물)의 차이가 극심하게 일어나면서 수구족 대부분이 사라졌다. 여기서 말하는 대이변이란 대량의 운석이 하늘에서 바다로 떨어진 사건을 가리킨다. 리딩에서 본 장면은 다음과 같다.

그 시기, 지구의 바다로 수많은 운석이 소나기처럼 하늘에서 떨어져 내렸다. 그 충격으로 바다는 미친 듯이 출렁였고, 엄청난 소리로 크게 울부짖었다. 그 울음소리는 천둥 번개와 함께 마치 지구를 찢어버릴 듯한 거대한 표호豹虎와 같은 굉음으로 들렸다. 곧이어 거대한 해일과 쓰나미가 일어났다. 그 엄청난 장면들은 마치 하늘이 지구에 운석을 돌멩이처럼 던져 바다를 죽이려는 듯한, 끔찍한 공포 그 자체였다.

지금도 많은 학자의 견해에 따르면, 태평양 해저에는 넓게 퍼져 있는 백색재층白色滓層*이 발견된다고 한다. 학자들은 이 층이 균질하면서도 매우 넓은 지역에 두껍게 형성되어 있다는 점에 놀라며, 이것이 우주적 대이변 때 만들어졌다고 주장한다. 그 이유 중 하나는, 세계 각처에서 유사한 운석성 물질이 대량으로 발견되기 때문이다. 또한, 태평양 해저에 니켈••이 대량으로 함유되어 있음이 밝혀졌다. 이러한 발견에 따라 몇몇 학자들은 백색재층이 과거 지구에 낙하한 운석의 파편이라고 해석하고 있다. 《성경》에도 이러한 불길한 사건을 언급한 구절이 있다.

"해가 어두워지고, 달도 빛을 잃으며, 별이 하늘에서 떨어져 하늘의 힘이 동요하는 날이 찾아오리라. (…) 하지만 그 날과 시간을 아는 자는 아무도 없다."(〈마태복음〉 24:29~36)

제2 근원 종족과 제3 근원 종족 사이에는 인류에 가까운 또 다른 수구족이 있었다. 그들의 후손으로 추정되는 현생인류는 말레이시아와 인도네시아 자바섬 동쪽, 필리핀 남쪽 일대에 퍼져 사는 '바자우족'이다. 이들은 바다에 설치한 수상가옥이나 뗏목 위에서 생활하며, 일하는 시간의 절반 이상을 물속에서 보낸다. 보통 사람은 물속에서 40초 정도 숨을 참으며, 최대 수심 20미터 정도밖

• 운석 충돌로 형성된 퇴적물(5~30센티미터)로 대기 중 엄청난 양의 먼지와 물질이 지표면에 쌓여 형성된 흰색 또는 밝은색의 층을 말한다. '백색'이라는 표현은 이 퇴적물이 일반적으로 밝은 색조를 띠기 때문에 붙여진 것이다.

•• 니켈은 지구핵에 주로 모여 있는 광물로, 순수한 형태로 분리하기 어려운 금속이다. 그러나 우주에서는 철과 함께 항성진화 과정에서 핵 합성의 최종 산물로 생성되기 때문에 매우 흔하다.

에 잠수하지 못한다. 그런데 바자우족은 나무로 만든 고글 하나만 쓰고도 무려 1분 30초 동안 수심 70미터까지 잠수할 수 있다. 이들은 바닷속에서 자신들의 생계를 위한 해양생물을 사냥하며 생활한다.

학자들은 그들의 비범한 능력이 1,000년 이상 지속된 잠수 문화에서 비롯된 것이라고 말한다. 덴마크 코펜하겐대학교 지구유전학센터의 멜리사 일라도Melissa Ilardo 연구 팀은 바자우족이 일반인보다 1.5배나 큰 비장을 가지고 있다고 밝혔다. 인간과 같은 포유류 동물 중 깊은 바닷속까지 잠수하는 바다표범들은 다른 장기에 비해 매우 큰 비장을 갖고 있다. 적혈구의 저장소인 비장은 크면 클수록 혈액 속 산소를 처리하는 능력이 좋아 오래 잠수할 수 있다. 연구 팀은 바자우족의 잠수 능력이 유전적 변이를 통해 수천 년에 걸쳐 진화한 사례라고 전했다.

그러나 바자우족 조상들의 계보를 영적 리딩으로 살펴보면, 그들의 원래 조상은 상상 속의 동물인 인어와 닮아 있었다. 신화에 따르면 인어는 전 세계에서 등장하는 존재이다. 수메르 신화에도 나오고, 힌두 신화에서도 언급된다. 물이 인류에 미치는 영향 때문에 인어는 종종 반인반어半人半魚로 묘사된다. 다른 말로 표현하면 물의 정령들일 수도 있는데, 리딩에서는 그 존재들의 영혼이 인간의 몸을 선택하는 경우도 있다고 한다. 고대의 전설처럼 전해 내려오는 이런 이야기들에 관심을 기울여보면, 상반신은 사람이고 허리 아래는 물고기 모양인 인어가 단순한 허구의 존재가 아니라 어쩌면 진화의 단계에서 수구족의 조상일 수도 있다.

제3 근원 종족은 남태평양과 인도양의 잃어버린 대륙인 무Mu와 레무리아Lemuria에 살고 있었다. 무 대륙과 레무리아 대륙은 서로 다르다. 무에는 이 시기에 다른 행성의 존재들, 즉 고도화된 문명과 초월적 지능을 가진 외계인들이 출현했다.

무 대륙은 기원전 7만 년경 남태평양에 존재했다는 가상의 대륙으로 전해진다. 당시 무 대륙의 면적은 현재의 남북 아메리카를 합친 것보다 더 넓었다. 이 대륙은 서쪽으로는 이집트, 동쪽으로는 멕시코와 라틴아메리카에 이르기까지 식민지를 건설했다. 무 대륙에는 하얀색, 갈색, 노란색, 검은색 등 다양한 피부색을 가진 사람들이 살고 있었으며, 태양신을 신앙하고 높은 수준의 문화를 가졌다고 전해진다. 그들은 문자 사용, 토기와 직물 제작뿐만 아니라 조각품을 통해 독특한 예술세계를 표현했다. 특히 어업이 발달하여 항해술 또한 뛰어났다고 한다.

그러나 어느 시점에 무 대륙을 덮친 자연 재앙(거대한 화산 폭발, 지진, 해일)으로 인해 대륙이 갈라지며 대부분의 땅은 물속으로 가라앉고, 이집트와 멕시코의 유카탄반도(멕시코 남동부에 있는 중앙아메리카의 반도) 등 일부만 남게 되었다. 《잃어버린 문명을 찾아서: 태평양에 가라앉은 환상의 대제국 무 대륙》(1926)을 쓴 영국의 제임스 처치워드James Churchward (1851~1936)는 인도의 한 힌두교 승려로부터 기이한 도형과 기호로 가득한 두 개의 점토판을 입수하여 이 정보를 바탕으로 무 대륙에 관한 책을 저술했다. 그러나 내가 리딩에서 본 무 대륙의 침몰은, 우주 궤도를 벗어난 다수의 위성 파편들이 지구로 떨어지면서 생긴 대재앙이었다. 그로 인해 연쇄적인 화산 폭발과 지진, 해일로 인해 대륙이 한순간에 사라졌다.

그렇다면 왜 이런 대재앙이 지구에 발생했을까? 이는 인간이 알 수 없는 하늘과 지구 사이의 영적·물리적 관계 때문이다. 미국의 작가이자 고대 미스터리 연구가 제카리아 시친Zecharia Sitchin (1920~2010)은 '초고대문명설'에 대해, 그의 저서에서 태양계의 알려지지 않은 12번째 행성인 니비루와 지구의 관계에 대해 설명했다. 그러나 내가 본 장면들은 지구의 시간으로는 특정할 수 없는 시기에 일어난 사건들이었다.

대륙이 사라진 후 빛을 반사하는 유리 거울 같은 둥근 비행체를 타고 온 존재(외계인)들이 있었는데, 그들은 남아 있는 이집트와 유카탄반도에 자신들이 만든 휴머노이드humanoid형 모델 문명이 지구에서 어떻게 전개될지에 대한 일종의 식민지화를 전제로 한 모델케이스를 진행했다. 휴머노이드는 인간과 유사하지만 인간은 아닌 존재들로, 신체 구조상 독자적인 문명을 창조할 수 없는 외계인의 피조물이었다. 외계인이 만든 문명은 피조물들이 지구 환경을 얼마나 이해하고 적응할 수 있는지를 실험하는 대상으로 삼았다.

또 다른 리딩에서는 휴머노이드족은 키가 3미터가 넘는 원숭이와 닮은 거인 같은 모습으로, 사고력이나 지적 능력은 부족했으나 노동력은 뛰어났다. 이들은 외계인의 지시에 따라 이집트에 스핑크스와 피라미드를, 유카탄반도에도 피라미드를 세웠다. 외계인들은 자신들이 설계한 모델 문명이 실패하자 휴머노이드를 남겨두고 지구를 떠나버렸다.

한때 세상의 미스터리 중 하나로, 히말라야 설산에 살고 있다는 설인雪人이 발견되었다고 해서 세간에 화제가 된 적이 있다. 거대한 몸이 털로 덮인 유인원과 닮았다는 이 설인은, 그 시대의 휴머노이드족 중에서 생존해 있던 마지막 '휴머노이드'이다. 또 다른 흔적은 남태평양 폴리네시아에 위치한 칠레의 이스터섬에 있다. 거대한 석상으로 세계적으로 유명한 '모아이인상'(거대한 바위를 쪼아 사람 얼굴처럼 만든 조각상)들인데, 외계 존재들이 휴머노이드족을 시켜 만든 흔적이라고 할 수 있다. 현재 멕시코에 남아 있는 피라미드는 형태는 다르지만 이집트 피라미드와 매우 유사하다.

제4 근원 종족은 인류 역사에서 늘 화제의 중심이 되었던 아틀란티스 대륙과 관련되어 있다. 아틀란티스인들은 모두 비범한 통찰력을 지니고 있었으며, 환생의 과정을 물질적 실체만큼이나 분명히 인식했다. 그 시대 사람들은 초감각적 세계와 바로 연결된 삶을 살았으며, 우주적 환경을 깊이 이해하고 있었다. 그들은 모두 영매적 능력을 타고났기 때문에, 우리가 말하는 마법사와 같은 신비한 힘을 가지고 있었다. 이러한 능력 덕분에 물질의 구성 성분을 잘 활용하여 과학적으로도 놀라운 발전을 이루었다.

그러나 아틀란티스는 물속으로 침몰한 비극의 섬이 되었다. 왜 그들은 그렇게 멸망했을까? 바로 탐욕과 성적 일탈 때문이다. 그들은 신으로부터 받은 능력을 믿고 교만해졌으며 방탕하게 살았다. 서로의 이기심으로 자신들이 가진 뛰어난 영성을 잘못 남용함으로써 신의 분노로 인한 저주로 그렇게 멸망한 것이다. '약이 독이 되었다'는 말이 이를 설명할 수 있을 것이다. 우리는 아틀란티스가 주는 교훈을 되새길 필요가 있다.

전생 리딩을 통해 보면, 예술(음악, 스포츠, 연기 등)적으로 뛰어난 재능이나 스타성으로 사회의 집중적인 관심을 받는 사람들 중에는 과거 생에 아틀란티스에서 살았던 영혼들이 많다. 물론 그들은 타락한 영혼들이라기보다는, 대륙이 침몰할 때 어쩔 수 없이 함께 운명을 맞았던 착한 영혼의 후손일 가능성이 크다. 다음은 어느 40대 초반 여성에 대한 리딩 내용이다.

그녀는 전생에 아틀란티스에서 오늘날의 예술의 전당과 같은 장소에서 노래를 부르고 악기를 연주했던 음악가였다. 당시 그녀가 연주했던 악기는 피아노와 비슷했지만, 오늘날의 피아노 88개 건반보다 훨씬 다양한 보조 건반을 갖춘 것이었다. 연주자는 여러 악기의 중심 진동을 활용해 주변 악기들의 특유한 진동의 공명을 찾아내어, 마치 여러 사람이 함께 연주하는 듯한 하모니를 만들어냈다. 그 소리는 지상의 것이 아닌 천상의 소리에 가까웠다.

리딩 후 그녀는 자신이 현재 어느 명문 대학교에서 작곡과 기악을 가르치는 교수라고 밝혔다. 그녀가 음악가의 꿈을 키우게 된 계기는 어릴 적 강이 흐르는 시골의 친척집에서 겪은 신비로운 경험 덕분이었다고 했다. 해 질 무렵, 어린 소녀는 넓은 들판의 구릉과 맞닿은 하늘 끝에서 붉은 석양과 노을로 물든 강물 앞에 서 있었다. 그때 잔물결을 남기며 갈대숲을 스치는 바람 소리가 들려왔다. 그 순간 소녀는 자신이 붉은 노을 속으로 한없이 빨려 들어가며 웅장한 대자연의 협주곡이 들려오는 듯한 느낌을 받았다고 했다. 그 장면이 너무나 선명하고 감동적이어서 지금도 눈을 감으면 그때의 놀라운 광경이 눈앞에 펼쳐진다고 했다.

내가 아틀란티스에서의 전생 이야기를 들려주자, 그녀는 눈시울을 붉히며 놀라워했다. 나는 그녀의 이야기를 들으며 아틀란티스의 저녁 하늘을 물들였던 붉은 노을과 그녀가 어린 시절 시골 들판에서 보았다는 저녁노을이 같은 것이었다고 말해주었다.

또 다른 내담자는 아틀란티스의 삶에서 음속音速을 광속光速으로 전환하는 연구를 했던 과학자였다. 음속은 소리가 이동하는 속도이고, 광속은 빛이 이동하는 속도이다. 음속은 빠르지만 우주에서는 아니다. 음속은 지구 대기의 영향을 받지만, 광속은 독립적으로 이동하며 소리와 달리 공간을 통과한다. 이는 우리의 과학이 아직 풀지 못한 UFO(미확인비행물체)의 행적과 유사하다.

아인슈타인의 상대성이론에 따르면, 인간이 만든 어떤 물체도 광속보다 빠를 수 없다고 한다. 광속은 자연계의 차원으로는 설명할 수 없는 초우주적 속도에 해당한다. 과학자들에 따르면, 광속으로 달까지 가는 데는 1.3초, 태양까지는 8분이 걸린다고 한다. 이러한 광속의 원리를 물질계에 속한 인간의 차원에서 알아내는 것은 현재로서는 불가능에 가깝다. 그러나 미래의 과학이 더욱 발전하여 광속을 활용할 수 있게 된다면, 오랜 시간이 걸리는 다른 우주공간으로의 이동이 가능해질 것이다.

그는 현생에서 미국항공우주국NASA에서 연구원으로 근무하다가 건강상의 이유로 퇴직했다고 했다. 현재는 한국의 방위산업체에서 우주 연구원으로 정년을 준비하고 있다고 밝혔다.

맑고 흰 얼굴을 가진 또 다른 40대 초반의 여성은 자신이 영상의학과 교수라고 밝히며, 평생 그 학문을 업으로 삼게 된 계기가 어린 시절부터 인간의 신체 어느 부분에 영혼이 존재하는지 궁금했기 때문이라고 했다.

리딩에서 나타난 그녀의 전생은 아틀란티스에서 신성과 영성을 가르치던 성직자였다. 당시 일부 사람들은 자신의 영적 능력을 과신하며 자연의 질서를 어지럽히기 시작했다. 예를 들어, 물질을 이루는 원소의 본질을 바꾸어 다른 물질과 결합시키는 일이었는데, 이는 고대로부터 전해 내려오는 비밀의 연금술鍊金術과 같은 능력이었다.

아틀란티스 시대에는 비금속의 원질을 변환하여 금속을 가공하는 고도의 기술이 있었다. 그러나 금은 인간 차원이 아닌 신계神界의 동력으로 큰 의미를 지닌다. 따라서 연금술로 금을 만든다는 것은 인간이 절대계의 질서와 법칙을 어긴 도전적 사건이었다. 성직자였던 그녀는 절대계의 법칙과 질서에 반하는 행위는 결코 해서는 안 된다고 엄중하게 경고했다. 그러나 타락한 지도층은 그녀의 충고를 무시했고, 영성과학에 뛰어난 능력을 가진 일부 사람들은 이기심과 오만으로 절대계의 신들을 분노하게 하여 대륙의 종말을 초래했다고 리딩은 전한다.

지구의 금은 외계 행성에서는 채굴할 수 없는 특별한 물질이다. 금의 에너지는 우주의 초월적 에너지와 연결되어 있어, 외계 행성의 존재들이 이를 얻기 위해 지구에 관심을 두고 있다. 아틀란티스의 비극은 오늘날까지 전설로 전해오지만, 리딩에 따르면 그 대륙은 실재했으며 당시 아틀란티스 문명은 과학이 최고 전성기에 도달해 있었다. 이로 인해 아틀란티스는 고도로 발달한 핵융합 기술을 사용하고 있었으며, 대부분의 시설은 지하 깊숙이 위치한 대규모 핵융합 시설을 통해 핵에너지로 운영되고 있었다.

그러던 중, 설명할 수 없는 외계적 힘에 의해 화산과 지진이 발생했고, 그 충격으로 핵융합 시설들이 연쇄적으로 폭발하면서 대륙은 바닷속으로 가라앉았다. 리딩에서는 이 외계적 힘에 대해 이렇게 설명한다.

그 대륙의 침몰은 결코 우연히 일어난 사건이 아니다. 대재앙(화산 폭발과 지진)은 어떤 존재가 지구의 축을 순간적으로 건드리면서 발생했다. 그것이 외계인의 침공이든 신의 분노이든지 간에 말이다.

아틀란티스 대륙의 지축을 누가 건드렸는지는 알 수 없다. 그러나 중요한 점은, 현재 우리 인간이 그러한 재앙의 씨앗을 지니고 있다는 사실이다. 그것은 강대국들이 자신만의 명분을 내세워 비축해온 엄청난 수의 핵폭탄들이다. 현재 전 세계의 핵탄두 수는 약 1만 3,000개에 달하며, 이는 지구를 산산조각내어 우주에서 사라지게 할 만큼의 위력을 지니고 있다. 그런데도 여전히 더 많은 핵무기를 만들겠다는 국가들이 있다. 현재 지구는 환경파괴로 인한 자연재해로 심각한 위기에 처해 있으며, 언제 거대한 화산 폭발과 대지진이 일어날지 모른다. 인간의 어리석음으로 인해 지구의 종말은 내일 아침에도 일어날 수 있다.

다양한 자연 세계는 맨리 P. 홀이 일컫는 '과도기적 형태transitional form'라는 것에 의해 서로 연결되어 있다. 광물과 식물 사이에는 지의류地衣類와 이끼가 있고, 식물과 동물 사이에는 기본적인 신경계통을 갖춘 식충 식물이 있다. 동물과 인간 사이에는 유인원이 있으며, 인간과 그다음 상위 존재 사이에는 고대 신화에 등장하는 반인반신半人半神처럼 위대한 전수자와 스승들이 있다. 이 위대한 전수자와 스승들 중에는 외계적 존재와 소통하며 연관성을 가진 이들도 많다.

초기 인류가 어떻게 생겨났고 서로 만나게 되었는지에 대해서는 하나의 이론만 있는 것이 아니다. 그 문제에 대해서는 여러 가지 학설이 존재하기 때문에, 어떤 가설이 100퍼센트 맞다고 단언할 수도 없다. 그러나 우리 인간이 어디에서부터 탄생했는지에 대한 기원을 알기 위해서는 현생의 인류와 가장 가까운 시기에 있는 네안데르탈인과 호모사피엔스(현생인류)라는 두 종이 어떻게 만났고 상호 교류했는지를 아는 것이 무척 중요하다. 현재 인류는 호모사피엔스 종에 속해 있다. 이 종의 과거를 추적해보면, 우리와 비슷하지만 조금 다른 형태의 고인류가 함께 공존했음을 알 수 있다.

7

물질문명의 위기를 어떻게 극복할 수 있습니까?

종말의 위기에서 인류를 구할
지혜를 보았습니다

물질문명의 눈부신 발전은 인류의 삶을 혁신적으로 변화시켰다. 그러나 그 이면에는 환경파괴와 정신적 황폐화, 사회적 불평등과 같은 심각한 위기들이 자리하고 있다. 우리는 지금 그 한계를 마주하고 있으며, 인류는 물질의 번영을 넘어 새로운 전환점을 찾아야만 한다. 물질과 정신의 균형을 회복해야 할 시점에 와 있다는 것이다. 그렇다면 앞서 언급한 제3 근원 종족부터 제4의 아틀란티스인, 제5의 현생인류, 제6의 신인류까지 이어지는 변화 속에서 물질문명의 위기를 극복할 수 있는 지혜는 무엇일까?

제5 근원 종족은 현재 차원의 인류이다. 앞서 설명한 종족 중에서 가장 고체적固體的인 생명체다. 세포의 밀집도(성인 기준 30조개)가 높고, 매우 복잡하고 난해한 신체구조를 지니고 있다.

루돌프 슈타이너는 진화의 기본 목적을 '정신이 물질을 정복하는 것'이라고 주장했다. 인간은 최초에는 완벽하게 영기화靈氣化된 비물질의 존재로 시작했으나, 진화의 각 단계를 거치며 점차 고체화가 진행되었다고 한다. 그러나 고체화의 진행은 물질의 노예가 되는 것을 의미한다. 오늘날 하늘을 찌를 듯 높이 솟은 건축물, 지구를 관통하며 시간과 공간을 지배할 정도로 빠른 초음속 비행기, 그리고 엄청난 환경파괴와 첨단 기계AI의 등장은 인간의 뇌를 퇴화시키고, 결국 인간이 기계의 노예가 될 가능성을 시사한다.

투자의 귀재 워런 버핏은 연례 주주총회에서 "나는 지니의 힘이 두렵다. 지니를 다시 램프에 넣는 방법을 모르는데, AI도 지니와 비슷하다"고 말했다. 디즈니 애니메이션 〈알라딘〉에 등장하는 거인 요정 지니는 램프에 갇혀 있다가 주인이 불러내 소원을 빌면 무엇이든 들어주는 괴력을 지니고 있지만, 이를 통제할 방법이 없다는 점에서 AI와의 유사성을 언급한 것이다.

세계적인 군사 전문가들은 지금을 우리 시대의 '오펜하이머의 순간Oppenheimer moment'이라고 표현한다. 오펜하이머는 제2차 세계대전 당시 핵폭탄 개발을 주도했던 미국의 천재 물리학자다. 지금을 '오펜하이머의 순간'이라고 부르는 이유는, AI가 핵무기 못지않게 과학기술의 놀라운 성과일 수 있지만, 동시에 인류에게 몰락과 재앙을 가져올 위험도 내포하고 있기 때문이다.

우리는 소위 말하는 초인류超人類로 발전할 수 있는 힘과 능력을 가지고 있다. 하지만 어느 한 집단이 단독으로 초인류로 진화할 수는 없다. 인류가 현재 경험하고 있는 위기를 넘어 진화하기 위해서는 전 인류의 노력이 필요하다.

내담자 중에는 사회적으로 매우 가치 있는 신분과 위치에 있는 사람들이 있다. 그중에서도 뛰어난 과학자나 성공한 예술 계통의 직업을 가진 사람들의 영혼은 독특한 특징을 지니고 있다. 리딩에서는 그들의 정수리 부분에 특수한 에너지체인 보라색 또는 푸른색에 가까운 피라미드 모양의 구체가 회전하고 있다. 이들의 공통적인 특징은 가느다란 빛줄기 형태로, 고도의 높은 진동수를 가지고 있다는 점이다.

여기서 말하는 진동수란, 사람마다 존재하는 고유한 특성을 일컫는다. 그중에서도 진동수가 매우 높고 순수하며 맑은 사람들이 있다. 그런 사람들을 만나면 나의 진동수가 이 높은 진동수를 인식하고 함께 공명共鳴하게 된다. 이들은 고차원 단계로 진화하는 과정에서 중간 단계인 지구에서의 삶을 살아가고 있는 영혼들이다. 이러한 영혼들은 자신이 가진 능력이나 재능으로 얻은 이익을 사회적 약자들을 돕는 데 사용해야 하며, 이를 통해 더 높은 차원으로 진보할 수 있다. 이런 이유로 우리는 다른 사람들의 삶에 나타나는 장애를 극복할 수 있도록 돕는 것이 매우 중요하다.

미국 출신으로 20세기 가장 위대한 예언자로 불리는 에드거 케이시는, 깊은 최면 상태에서 다른 사람의 전생을 리딩하고 예언했기 때문에 '잠자는 예언자'로도 알려졌다. 그는 다음과 같이 경고했다.

"환생이 사실이며, 아틀란티스를 점령했던 영혼들이 지금 다시 지구로 돌아온 것이 사실이라면, 또한 그들이 스스로 멸망을 초래할 만큼 지구의 역사를 바꾸어놓은 적이 있다면, 오늘날 인류의 역사에 그와 비슷한 변화를 가져온다고 해도 놀랄 일이 아니다."•

물질문명을 바르게 사용하지 못하면 오히려 문명의 위기를 초래할 수 있다. 제4 근원 종족인 아틀란티스인들은 그들이 창조한 고도의 문명을 잘못 사용해 결국 멸망했다. 이러한 현상은 현재 우리가 경험하고 있는 세상과도 매우 유사하다. 이는 오늘날의 물질만능주의와 인류의 위기가 아틀란티스의 몰락과 비슷한 경로를 밟을 수 있음을 의미한다. 그렇다면 현재의 위기를 극복하고 새로운 전환점을 찾기 위한 지혜는 무엇일까?

우리나라의 순수 토착 종교인 원불교의 "물질이 개벽하니 정신을 개벽하자"는 교리는 이 시대가 직면한 절체절명의 위기에 대처할 수 있는 유일한 지혜를 담고 있다. 지금처럼 물질만능주의가 발전할수록 인간은 물질에 얽매이고 정신적 진화는 쇠퇴한다. 앞으로 원불교의 교리는 세계인의 정신개혁에 중심적인 역할을 할 것이다.

지구의 제5 근원 종족인 현재 인류는 물질과 정신의 균형을 이루어야 한다. 부유한 사람들은 가난한 사람들과 나누고, 가진 자

• 《나는 아흔여덟 번 환생했다》, p.259.

는 그렇지 않은 사람들과 함께 공유해야 한다. 이러한 균형과 공존의 가치를 실현함으로써 우리는 물질적 한계를 넘어 더 나은 미래를 만들어갈 수 있다. 우리는 지혜로운 선택을 통해 미래 세대가 지속 가능한 삶을 이어갈 수 있도록 책임 있는 지구인이 되어야 한다. 최고이자 최선의 통찰력을 갖추기 위해 노력하며 살아가야 한다.

제6 근원 종족은 신인류로서 더 높은 차원의 영적 존재로 태어날 것이다. 오늘날 21세기를 살아가는 아이들은 이 신인류에 가깝다. 즉, 제6 근원 종족에 가까운 기체적氣體的 요소를 많이 가지고 태어난다. 어쩌면 그들은 멸망 위기에 처한 지구를 구하기 위해 찾아온, 최고의 순수성과 긍정적 정의를 지닌 외계적 존재일지도 모른다. 고대 현자들의 지혜를 지니고 태어날 이 아이들을 우리는 기쁘게 맞이해야 한다. 그들의 영혼은 지구를 구하기 위해 환생한 인류의 조상일 수도 있기 때문이다.

인간은 지구라는 징검다리를 통해 우주의 법칙을 배워야 한다. 우주의식을 가진 존재는 초월적 자아를 갖게 되고, 카르마의 법칙에서 자유로워진다. 우주의식은 최고의 진리이자, 전지全知의 지혜이다. 우주를 운영하는 주관자는 인간의 영혼이 자연의 절대 법칙인 윤회를 통해 지구에서 연속적인 삶을 살아가며 깨달음을 완성해 창조주 앞에 나아가게 한다. 인간의 한 생은 목걸이를 이루

세상의 위기는 물질적 번영을 넘어 정신적 진화와
공존의 가치를 실현할 때 극복할 수 있습니다.

는 구슬과 같아서, 각 생애를 다 마쳤을 때 그 구슬들이 모여 목걸이가 완성되는 것과 같다.

인간은 육체를 가진 채로는 창조주를 만날 수 없다. 따라서 반복적인 육화肉化 단계에서 진보하고 더 진화된 영으로 발전하여, 신과 함께 우주 운영에 참여하게 되는 계획이 준비되어 있다. 인간이 죽음을 두려워하는 이유는 우주 계획에 대한 신뢰가 부족하기 때문이다. 우주에는 겹겹의 다중 차원이 존재하며, 각 차원은 고유의 법칙과 질서에 따라 생멸한다. 그 생멸의 차원을 뛰어넘는 공부가 신인류의 과제가 될 것이다.

기독교에서는 하나님을 믿고 따르면 영생을 얻을 수 있다고 말한다. 불교에서는 석가모니가 깨달았으니 다시는 태어나지 않는다는 말씀을 남기며 열반에 들었다고 한다. 이러한 절대적인 믿음과 깨달음의 흔적을 따라 많은 사람이 수행을 이어가고 있다. 정말 태어나지 않는 것이 생멸의 차원을 뛰어넘는 것일까? 앞으로 지구에 태어날 제6 근원 종족의 영혼들은 우주의 두 가지 과제를 해결해야 할 것이다. 하나는 지구를 떠나는 것이고, 또 다른 하나는 지구를 우주에서 가장 아름다운 별로 영원히 남게 하는 것이다.

8

왜 선한 사람에게
나쁜 일이 일어납니까?

선과 악은 신이
인류에게 준 숙제입니다

선善과 악惡의 세계는 하늘보다 높고 바다보다 깊어서 인간의 언어로는 다 설명할 수가 없다. 우리는 일반적으로 착하고 좋은 마음을 가진 사람을 선하다고 하고, 그 반대의 성향을 가진 사람을 악하다고 한다. 사회 유지를 위한 도덕이자 불가결한 규율로서 선악을 구별하고 평가한다.

중국 전한시대의 역사가 사마천이 쓴 역사서 《사기》의 〈백이열전〉 편에는 다음과 같은 내용이 있다.

"하늘의 도는 공평무사하여 언제나 착한 사람의 편을 든다. 그러나 백이와 숙제는 청렴하고 고결하게 살았지만 굶어 죽었다. 또한 공자는 그의 일흔 제자 중 오직 안연(안회)만을 학문을 좋아하는 사람이라고 표창하였으나 그 출중하고 비범했던 안연은 항상 가난에 쪼들려서 쌀겨조차 배불리 먹지 못하다가 요절했다. 하늘이 착한 사람에게 보답한다면, 이것은 도대체 어떻게 된 일인가?"

오늘날 종교학, 윤리학, 심리학에서는 선과 악은 서로 반대되는 이분법적 개념으로, 선은 반드시 이겨야 하고 악은 패배해야 한다고 가르친다.* 그러나 현실은 그렇지 않다. 선한 마음으로 착하게 살아가는 사람들이 가난에 허덕이다 단명하는 경우가 있는 반면, 악행만을 골라 저지른 사람인데도 평생을 호의호식하면서 잘 살아가기도 한다. 하루하루를 착하게 살아가는 사람들이 오히려 그런 악인들의 착취와 폭력에 시달리며 숨죽이면서 살아가고 있다.

리딩을 통해서도 그런 사람을 만나는 경우가 있다. 어느 날 폭력적인 남편을 둔 젊은 아내가 찾아왔다. 다음은 아내의 리딩에서 본 내용이다.

전생에 남편은 이집트에서 신관으로 살았던 삶이 있었다. 그때 수행을 통해 신통력을 얻게 되었는데, 그 능력을 흑마술로 사용해서 자신의 관능적 쾌락을 위한 도구로 썼으며 재물을 축적했다. 리딩은 그때의 습習이 아직도 남아 있어, 현생에서도 다른 사람들에게 피해를 주는 잘못된 삶을 살 수 있다고 경고했다. 그리고 그런 행위로 인해 자식들이 아주 불행한 삶을 살 수 있다고 말했다.

사전에 아무런 정보 없이 시작된 리딩에서 현재의 잘못된 범죄 행위가 전생에서의 나쁜 인과에서 시작되었다는 말을 듣고 아내는 절망했다. 현생에서 남편은 도박이나 보이스피싱 같은 매우 부적절한 방법으로 돈을 많이 벌었다. 그리고 지금은 해외로 도망가

• 불교에서 선악은 상반된 원칙이지만 실재하지 않으므로 이원성을 극복해야 한다고 가르친다.

도피 생활을 하고 있다면서 눈물을 보였다.

이럴 때는 이런 의문이 생긴다. 전지전능하고 절대적으로 선한 신이 있는데, 왜 악이 존재하는가? 선한 사람이 악에 의해 고통을 받을 때, 신은 무엇을 하고 있는가? 선한 신이 창조하고 다스리는 세계에 악이 존재하는 모순을 다루는 종교철학과 신학적 질문을 '악의 문제Problem of evil'라고 한다. 이에 대해 악의 존재에도 불구하고 신의 선함과 옳음을 변호하고 설득하는 이론을 '신정론神正論'이라고 한다. 신은 어떤 경우에도 옳다는 것이며, 신은 악조차도 사용하여 최종적인 선을 이룬다는 것이다.

이에 대해 이신론자理神論者•들은 신이 세계를 창조한 후에는 그 운행에 직접적으로 관여하지 않는다고 믿는다. 선한 사람들에게 나쁜 일이 일어나는 것은 이 세상에 전지전능하고 완벽하게 선한 신이 존재하지 않기 때문이라고 말한다. 다시 말해, 선한 신이 악한 자들의 잘못을 통제하지 못한다는 것이다.

조로아스터교••의 교의教義에 따르면, 선과 악의 대결은 3,000년 주기로 진행되며, 현세에서는 아직 그 승부가 끝나지 않은 상태

• 자연종교自然宗教, 또는 자연신교自然神教라고도 불린다. 이신론에 대한 생각은 사람마다 다양하다. 어떤 사람들은 세상을 창조한 신이 비인격적인 거대한 힘, 즉 자연 질서 그 자체를 의미한다고 믿는다. 또 다른 사람들은 인격적인 신이 존재하되, 그 신이 세상을 창조한 이후로 더 이상 세상의 운행에 개입하지 않는다고 본다.

이다. 조로아스터교의 이원론에 따라 성聖의 원리인 스펜타 마이뉴Spenta Mainyu와 대립하는 악신惡神 앙그라 마이뉴Angra Mainyu가 존재한다. 혼돈과 파괴를 관장하는 사악한 영혼인 앙그라 마이뉴조차 절대 신의 피조물이며, 악은 옳지 않기에 언젠가는 사라질 운명이다. 하지만 지금은 아직 그때가 아니므로 악은 여전히 남아 있다는 것이다.

나를 찾아온 어느 60대 여성이 있었다. 그녀는 자신보다 두 살 많은 언니와 그 딸에 대한 모녀지간의 전생 인연을 물었다.

리딩에서 언니는 마녀사냥이 한창이던 16세기 프랑스의 마녀 재판관이었고, 현생의 딸은 그 당시 부잣집 미망인으로서 억울하게 마녀로 몰려 고통스럽게 죽었다. 당시 마녀로 낙인찍혀 처형됐던 여성들은 재산이 많은 과부나 무신론적 종교관을 가진 독신이 많았다. 재판에 증인으로 변호해줄 가족이 없었기 때문이다. 특히 재산이 많은 과부가 마녀 재판으로 처형되면, 재판 주관자들은 그녀의 재산을 몰수해 나누어 가졌다. 이러한 인연법으로 현생에서 엄마와 딸로 다시 만나게 되었다고 했다.

모녀에 대한 리딩을 듣던 그녀가 조심스럽게 말했다. 사실 언

•• 조로아스터교는 유대교와 이슬람교를 비롯한 일신론에 큰 영향을 미쳤지만, 선신과 악신으로 나뉘는 이신론적인 특징을 가지고 있다. 이는 서구적 개념의 선과 악을 구분하는 이원론과는 차이가 있다.

니의 딸은 원인을 알 수 없는 병에 걸려 있었다. 병든 자식의 치유 기도를 하기 위해 새벽마다 교회에 가던 언니는《성경》을 손에 든 채로 음주 운전 차량에 치여 현장에서 즉사했다. 언니는 모태 신앙의 독실한 기독교 신자였고, 평생을 착한 심성으로 살아온 좋은 사람이었다. 그런 언니를 왜 신은 보호해주지 않았을까, 그녀는 궁금해했다.

이 의문은 자연의 계율인 카르마의 법칙을 적용해보면 풀린다. 전생에서의 마녀 재판관과 억울하게 죽은 미망인이 현생에서 모녀로 만났을 때 일어난 사건은 우연이 아니다. 모든 행위의 결과에는 인과에 따른 카르마의 법칙이 작용하기 때문이다. 리딩의 마지막 구절은 이렇게 이어졌다.

부자였던 어머니(마녀 재판관)의 죽음으로 딸(미망인)은 과거 생에 빼앗겼던 재산을 물려받을 것이고(되찾다), 딸은 병상에서 일어나 건강을 회복하게 될 것이다.

카르마의 법칙으로 보면, 영적 완성은 영적 균형에서 이루어진다. 영적 균형은 한 번의 생애에서 결코 이루어지지 않는다. 선과 악은 신이 인류에게 준 지상 최대의 숙제라 할 수 있다. 선이 절대적으로 좋은 것만은 아니고, 악도 절대적으로 나쁜 것만은 아니다. 내가 속한 세계에서 선하다고 생각하는 것이 상대에게는 악이 될 수 있고, 반대로 상대가 선하다고 여기는 것이 나에게는 악이 될 수 있기 때문이다.

우리는 각자의 인생에서 이 숙제를 잘 풀기 위해 어떤 마음으로 살아가야 할지 깊이 고민해야 한다. 이를 위해 먼저 상대를 이해하고 용서하는 마음이 필요하다. 상대를 이해하는 것은 자신을 이해하는 데 큰 도움이 되며, 상대를 용서하는 것은 또 다른 자신을 용서하는 일이다. 인간이 가진 육체의 원형은 선과 악의 두 가지 개념을 포함하며, 이 두 요소가 없이는 육체가 만들어질 수 없다.

사람들은 자신이 살아가는 한 생에만 집중하기 때문에 자신의 영적 평가가 어떤 균형을 향해 나아가는지 알지 못한다. 인간이 가지고 태어나는 선악의 힘은 그들의 의지에 달려 있으며, 선한 마음으로 기도하고 참회하며 살아가는 사람의 영혼은 악한 마음을 정화하는 놀라운 힘을 지닌다. 결국 어떤 생각으로 살아가느냐에 따라 영적 균형의 비율이 결정된다. 정의는 진리에 맞는 올바른 도리를 뜻하며, 정의를 따르면 선을 만날 수 있고, 정의를 이해하면 악이 정화된다. 이렇게 영적 균형이 이루어지면, 궁극적으로 영적 완성으로 나아갈 수 있다.

그리스도교 신비주의 신도들은 카르마와 윤회, 그리고 신과의 합일을 믿었다. 이들은 강경한 유대 민족주의자였던 유다가 예수를 배신한 죄책감에 자살한 뒤, 여러 생을 거치며 업을 갚고 다시 신의 품으로 돌아왔다는 주장을 하기도 했다. 물론 이러한 주장은 주류 그리스도교 교리와 다르기 때문에, 주류 그리스도교(개신교, 가톨릭, 정교회)에서는 이들을 이단으로 간주한다.

어느 날 태어날 때부터 앞을 보지 못하는 남자를 보고, 제자들이 예수에게 물었다.

"주여, 이 사람이 소경으로 태어난 것은 누구의 죄입니까? 이 사람의 죄입니까, 아니면 부모의 죄입니까?"

그러자 예수가 대답했다.

"이 사람의 죄도 아니고 부모의 죄도 아니다. 단지 하나님의 역사가 그를 통해 나타나기 위해서이다."(《요한복음》 9:1~3)

제자들은 분명히 그 소경에게 전생이 있었다고 생각했지만 예수는 그런 생각을 수정하거나 반박하지 않았다.

또한 사도 바울이 갈라디아인들에게 보내는 서한에서 "사람이 무엇을 뿌리든지 그대로 거두리라"(《갈라디아서》 6:7)라고 말한 것은 환생에 대한 강한 암시다. 왜냐하면 완성된 결과를 얻기 위해서는 한 생으로는 분명히 부족하고 모자라기 때문이다.

인간은 태초부터 수없이 많은 부적절한 카르마를 쌓으며 살아왔다. 그리고 언젠가 특정한 시대나 시간이 되면 그 대가는 엄청난 자연의 심판으로 청산되었다. 〈창세기〉에는 타락한 도시 '소돔'과 '고모라'가 신의 노여움을 사 불과 유황이 하늘에서 쏟아져 모두 멸망하는 장면이 기록되어 있다. 노아의 방주 또한 인간의 죄악을 씻어내기 위한 신의 저주로 인해 발생했다고 한다. 홍수 외에도 화산, 지진, 대해일을 동반한 대이변에 대한 전설과 고대 기록은 대륙마다 수없이 전해 내려온다. 그리고 모든 경우에 재앙의 예언자가 나타나 다가올 대이변을 경고한다.

내가 리딩을 통해 본 장면 중에도 대륙의 집단 카르마에 대한 심판이 이루어질 때의 모습이 있었다. 지구에 큰 재앙이 일어나기 전날의 광경이었다.•

하늘의 별과 달은 특이하게 굴절된 빛으로 가득하다가 이내 어두워지고 흐려진다. 그것은 마치 밤하늘의 은하수가 선명한 빛으로 북쪽으로 이동하듯이 흐르다가, 갑자기 알 수 없는 암흑 속으로 자취를 감추는 것과 같다. 곧이어 하늘에서 사라진 은하수가 바다에 내려앉으면서 이상한 빛의 그림자로 변한다. 그 빛은 점점 부풀어 오르며, 곧이어 큰 물길이 생기고 물결은 사납게 출렁이며 넘실댄다. 그 강렬한 장면들은 설명할 수 없는 괴이한 에너지가 폭발하며 울부짖고 포효하는 것처럼 느껴졌다. 하늘에서 수없이 떨어진 별들이 바다에 닿으면, 바다가 비명을 지르고 마치 높은 빌딩처럼 거대한 파도가 되어 대륙을 삼킨다. 리딩에서 반복적으로 보이는 지구 재앙의 장면에서는 항상 하늘과 바다, 육지가 맞부딪혀 충돌한다.

• 이 장면은 내가 리딩을 통해 과거의 모습을 본 것이다. 그러나 "역사는 반복된다"는 말처럼, 이 재앙은 과거의 이야기인 동시에 미래에 일어날 일이기도 하다. 리딩을 통해 보면 미래에도 이와 비슷한 일이 반복된다.

사람은 누구나 선과 악이라는 두 마음을 갖고 있습니다.
그중 어떤 마음으로 살아갈지는 오로지 자신의 선택에 달려 있습니다.

한 젊은 종교학자의 리딩에서 그는 전생에 리스본 대지진 당시 살아남은 소수의 사람 중 한 명이었다. 리딩에서는 그가 어린 시절 반복적으로 꾸던 악몽이 재앙 속에서 생존하기 위해 몸부림쳤던 경험의 일부라고 설명한다. 당시의 트라우마가 무의식 속에 남아 있는 기억의 파편들과 연결되어 있다고 했다.

1755년 포르투갈에서 발생한 진도 8.5~9.0의 리스본 대지진은 전대미문의 대재앙이었다. 이 지진으로 인한 사망자는 1만 명에서 10만 명에 이르며, 도시 건물의 85퍼센트가 파괴되었다. 리스본 대참사는 신의 섭리 안에서 왜 이런 재난이 일어났는가에 대한 의문을 불러일으키며, 종교적으로 엄청난 충격을 안겨주었다. 리스본 대지진은 가톨릭의 신정론에 위협을 가한 대표적인 사건으로, 기존의 이러한 참사를 포용할 수 있었던 윤리적·신학적 범주를 단숨에 압도해버렸다. 하필 만성절萬聖節이라는 축일을 맞아 수도원과 성당에 초만원이었던 신자들은 떼죽음의 참사를 당했으나, 타락한 곳이라며 지탄받던 집창촌 알파마 지역은 오히려 피해가 적었기 때문이다.

그 시대의 포르투갈은 1세대 식민제국이었다. 그들의 조상들은 브라질과 아프리카 대륙을 침략하여 수많은 원주민의 인간적 권리와 삶의 터전을 무자비하게 착취했다. 그들의 만행과 잔인함은 극단적이었다. 이러한 국가적 카르마가 리스본 대참사의 원인이다.

또한 에드거 케이시의 리딩에 따르면, 16세기 남아메리카를 정복한 자들은 스페인에 집단적으로 환생하여 과거에 저지른 학살과 수탈에 대한 응보를 받았다고 한다. 아즈텍과 잉카 사람들에게 가한 잔인함이 스페인 내전(1936년부터 1939년까지 스페인 제2공화국에서 일어난 대규모 내전)에서 그들 자신에게 되돌아왔다는 것이다.

한편, 일본은 동아시아를 상대로 대륙적 집단 학살을 저질렀다. 이에 대해 우리나라 사람들은 일본이 진정한 사과와 반성을 하지 않았다고 생각한다. 그리고 그것은 일본의 국가적 카르마로 남아 있다고 평한다. 그렇다면 이를 리딩으로 보면 어떨까? 일본은 세계 최초로 원자폭탄의 엄청난 피해를 입은 국가이다. 히로시마와 나가사키에 투하된 원자폭탄으로 수많은 이들이 목숨을 잃었고, 피폭 후유증은 유전병 등의 형태로 여전히 남아 있다. 이로 인해 일본은 전부는 아니더라도, 일정 부분 부적절한 카르마에 대한 대가를 치렀다고 볼 수 있다. 현재도 각국의 이해관계에 따른 대립과 반목 속에서 전쟁이 발생하고 있다. 그로 인해 초래된 불행의 대가는 전쟁을 일으킨 가해국이 반드시 감당해야 할 국가적 카르마이며, 이는 미래 세대가 짊어져야 할 비극의 씨앗이기도 하다.

사람은 누구나 선과 악의 두 마음을 지니고 있으며, 그중 어떤 마음으로 살아갈지는 오로지 그 사람의 선택에 달려 있다. 이 세상에서 선이 가치 있는 이유는, 어쩌면 악이 더 많기 때문에 그 상대적인 의미를 가지는 것일지도 모른다. 우리가 어떤 마음으로 살아가느냐에 따라 자신은 물론 세상도 달라진다. 성인과 현자들은 언제나 선하게 살아가라고 가르친다. 선한 마음은 자연의 법칙과 같아서 지구 생태계가 원하는 선순환과 조화를 이루어 지구를 살리고 풍성하게 한다. 그러나 악한 마음은 죄를 만들어 생태계를 파괴하고 지구를 황폐하게 한다.

힌두교에서는 선이 완전하게 무너진 시대에 세상의 파괴가 일어나고, 그 후에 새로운 창조가 있을 것이라고 말한다. 우리가 이 지구의 종말을 막을 수 있는 유일한 방법은 선이 악을 이길 수 있도록 열심히 그리고 착하게 살아가는 것이다. 리딩을 해보면 전생에 선하게 살았던 사람들은 현생에서 성공하는 경우가 많았고, 반대로 전생에서 악하게 살았던 사람들은 악인을 만나 실패하는 경우가 많았다. 그러나 전생에 악인으로 살아서 그 카르마 때문에 현생에서 실패했다 하더라도 후회하고 낙담만 할 것은 아니다. 지금부터라도 이기심을 버리고 남을 배려하는 이타심을 가진다면 아직 늦지 않았다. 그 새로운 마음이 성공의 출발점이 될 수 있고, 다음 생의 행복을 위한 기초가 될 수 있다.

선한 사람들은 '사랑'이라는 나무의 열매를 먹으며 살아가고, 악한 사람들은 '미움'이라는 나무의 열매를 먹고 산다. 문제는 인간의 감정 중에서 가장 강력한 것이 미움이라는 점이다. 미움은 선한 마음보다 강렬하고 충동적이어서, 미움에서 대립과 갈등이 생기고, 결국 전쟁과 죽음에 이르게 된다. 선한 마음은 천사를 만나게 하지만, 악한 마음은 살기를 품은 악마를 불러온다. 적절한 표현은 아니지만, '끼리끼리 만난다'는 것이다. 세상을 살아가며 악인을 만나지 않은 사람이 가장 잘 사는 사람이다.

리딩에서도 선하게 살면 언젠가 자신이 원하는 행복을 얻게 된다고 말한다. 어떤 사람들은 사랑해서 미워하고, 아름다워서 미워한다고도 한다. 선하게 살아가라는 말은 어쩌면 '사람의 근본이 악하기 때문'일지도 모른다. 그러나 사랑은 미움을 설득하고 달랠 수 있지만, 미움은 사랑을 결코 품을 수 없다.

9

어떻게 죽음을 편안하게 받아들일 수 있습니까?

우리에게는 죽음 연습이 필요합니다

"나는 언제, 어디서, 어떻게 죽습니까?" 하고 물어오는 사람들이 있다. 죽음은 삶의 일부다. 우리가 이 세상에 태어날 때 이미 죽음도 함께 약속하고 온다고 한다. 고대 유럽인들은 환생을 깊게 확신하고 있었기 때문에, 요즘의 우리와는 반대로 아이가 태어나면 애도의 눈물을 흘리고 죽음을 기쁘게 맞이했다고 한다.

예수는 〈요한복음〉(16:19~21)에서 다음과 같이 예언하며 죽음과 탄생을 동일시했다.

"조금 있으면 너희는 나를 보지 못하겠고, 또 조금 있으면 나를 보리라. 내가 진실로 진실로 너희에게 이르노니, 너희는 곡하고 애통하겠으나, 세상은 기뻐하리라. 너희는 근심하겠으나, 너희 근심이 도리어 기쁨이 되리라. 여자가 진통을 하게 되면 그때가 이르렀으므로 근심하나, 아이를 낳으면 세상에 사람 난 기쁨으로 인해 그 고통을 다시 기억하지 아니하느니라."

죽음을 기뻐하는 사람이란, 죽음에 대한 두려움이 없는 사람이다. 인생 공부가 잘된 사람들은 죽음을 두려워하지 않는다. 자신의 인생에 대해 아쉬움과 후회가 많을수록 죽음은 더욱 두려워진다. 또한 집착과 욕심이 많아 돈과 재물을 많이 가진 사람도 그것을 다 가져갈 수 없는 죽음을 두려워한다. “낙타가 바늘귀로 들어가는 것이 부자가 하나님의 나라에 들어가는 것보다 쉽다”(〈마태복음〉 19:24)는 말이 있다. 그렇다면 잘 산다는 것은 무엇일까? 잘 산다는 것은 세속적 가치보다도 선한 마음으로 주어진 일에 최선을 다하며, 이타심을 가지고 기쁨과 보람을 느끼며 사는 것이다.

소크라테스는 죽음을 앞두고 “죽음은 영혼이 육체에서 벗어나 더 나은 상태로 가는 것이다”라고 말했다. 영국의 정치가이자 법률가인 토머스 모어Thomas More(1478~1535)는 “이제 영원한 기쁨이 시작된다”고 이야기했고, 독일의 철학자 이마누엘 칸트Immanuel Kant(1724~1804)도 임종 직전에 “좋다”라고 했다. 중국 전국시대 철학자 장자는 “삶과 죽음은 낮과 밤의 교차와 같을 뿐이다”라고 설명했다. 조선시대 유학자인 퇴계 이황은 임종을 앞두고 심경을 묻자 “조용히 떠나는 것은 큰 기쁨이다”라고 말했다고 한다. 또한 우리에게 잘 알려진 소설 《토지》의 작가 박경리는 “버리고 갈 것만 남아서 참 홀가분하다”라고 했다.

우리는 마음을 비우고 가볍게 살아야 한다. 그래야 인디언의 말처럼, 어느 명상가나 철학자의 말처럼, 내가 죽을 때 세상은 울고 나는 기뻐할 수 있는 사람이 될 수 있다. 그러나 그것만으로는 죽음을 편안하게 맞을 수 없다. 궁극적으로는 내가 왜 태어나고 죽는지 그 이유를 알아야, 죽음에 대한 두려움 없이 편안하고 기쁜 마음으로 죽음을 맞이할 수 있다.

전생 리딩의 선각자 에드거 케이시는 그의 전생 중에서 죽음을 맞이하는 사람들에게 도움이 될 만한 삶의 장면을 떠올렸다. 케이시는 자신에 대한 전생 리딩에서 수백 년 전 이집트에 살았던, 위대한 신비력을 개발한 고승이었다. 그때 케이시는 자아가 강하고 관능적이어서 결국 파멸을 자초했다. 이후 그는 페르시아에서 내과의사로 태어났고, 그 무렵 사막 전쟁에서 부상을 당해 홀로 버려져 사경을 헤맸다. 그는 먹을 것도 물도 없이 3일 동안 극한의 육체적 고통 속에서 지내면서, 그 고통에서 벗어나기 위해 필사적으로 의식을 풀어놓으려 했다. 케이시는 육체에서 의식을 분리하는 시도에 성공했고, 이것이 그가 현생에서 마음을 풀어놓는 능력을 지니게 된 바탕이 되었다. 현생의 모든 미덕과 결점이 모두 그의 과거 생에서의 경험에 연유한다는 것이 밝혀졌다.

육체와 의식의 분리는 매우 어렵고 난해하다. 인간에게 육체와 의식의 분리는 죽음을 통해서만 일어나는 영적 현상이다. 그러나 우리는 수행을 통해 스스로 의식과 육체를 분리하는 공부를 해야 한다. 의식의 분리는 어느 정도 영적 진화가 이루어져야 가능하다. 그러나 이 영적 진화는 그리 어려운 것이 아니다. 인간이 선한 마음으로 남을 위한 봉사와 사랑, 이해와 용서의 삶을 살면 자연의 법칙이 주는 선물로서 영적 진화가 이루어진다. 이렇게 해야 죽음 앞에서 육체와 의식의 분리가 자연스럽게 이루어져 두려움에서 태연할 수 있다.

우리는 반드시 죽어야 하는 조건으로 이승에 태어난 존재이다. 인간은 육체와 혼체魂體의 결합으로 이루어져 있는데, 육체는 삶 속에서 카르마를 해결하기 위한 도구이며, 혼체가 진정한 자아이다. 그런데 혼체에는 삶에서 만들어진 수많은 감정체가 남아 있고, 그중 가장 강렬한 것은 분노와 저주, 증오가 만든 미움이다. 이 감정을 해결하지 못하고 죽음을 맞이하는 사람은 죽음 앞에서 심한 두려움을 느낀다. 이 세상에 태어날 때 자신이 계획했던 신과의 약속을 지키지 못하고 사후세계로 들어가기 때문이다.

나는 어려운 리딩을 할 때, 내 의식과 육신을 분리하는 순간이 있다. 그래야만 어떤 사람의 심층 깊숙이 숨겨진 전생의 장면들을 찾아갈 수 있기 때문이다. 마치 산소통 없이 숨을 참아야 하는 잠수부처럼 호흡을 멈추고 그 순간에 적절한 의식작용을 해야 한다. 그런 순간에는 다른 공간으로 이동하는 또 다른 나를 발견하기도 한다.

어느 중년 여성이 자신이 모시던 스님이 입적한 후에 전생 인연이 궁금하다며 나를 찾아왔다. 그 스님은 어린 시절 6·25 전쟁 때 가족과 헤어져 홀로 남한으로 넘어왔다. 의지할 곳이 없던 소년은 절에 들어가 불목하니(절에서 허드렛일을 하는 사람)가 되어 고된 삶을 살았다. 성인이 된 후 출가하여 스님이 되었고, 평생을 오로지 기도와 참선에 몰두하며 남다른 수행심을 보였다. 그 모습은 다른 스님들이 질투할 정도였다.

이 여성은 평소 불교 수행을 하던 중, 어느 날 밤 꿈에서 낯익은 스님을 만났고, 이후 우연히 찾은 절에서 꿈속 인물과 꼭 닮은 스님을 만나게 되었다. 그렇게 그 절의 신도가 된다. 하지만 스님을 만난 이후, 그녀는 두 가지 감정 때문에 무척 힘들었다고 했다. 하나는 자신도 모르게 설레는 마음이었고, 또 하나는 무척 무섭고 두려운 마음이었다. 리딩에서 본 전생은 이러했다.

스님은 고대 인도에서 많은 사람에게 깨달음을 전하며 영적 성장을 돕는 큰 구루(경건한 인물, 스승)였다. 그러나 그에게는 비밀이 하나 있었다. 정치적·사회적 후원자였던 공주와 내연관계에 있었던 것이다. 공주의 남편이 영토 전쟁에서 전사한 후, 두 사람의 관계는 더욱 깊어졌다. 그때의 공주가 이번 생에서 스님과 전생의 인연을 궁금해하며 나를 찾아온 바로 그 중년 여성으로 나타났다.

그녀는 스님을 대할 때마다 느꼈던 무언가 모를 불편한 감정의 정체를 알게 되자 눈시울을 붉혔다. 스님은 평생 고행하듯 수행했지만, 나이가 들어서는 절에서 떨어진 초라한 움막에서 지냈고, 추운 겨울날 천식에 걸려 고생하며 그곳에서 마지막 시간을 보냈다. 그녀는 종종 절에 들러 스님을 돌보고 공양을 올렸다. 그러나 움막에서 기침만 심하게 해대는 그 노승을 보고, 다른 젊은 스님들은 냉대했다. 얼마 후 스님은 입적하셨다. 스님은 평소 자신을 위해 정성을 다했던 그녀에게 자신의 주검을 거두어 정리해주기를 바란다는 유언을 남겼다. 스님은 입적할 날과 시간을 미리 알고, 자신의 다비식茶毘式(승려의 시신을 화장하는 불교식 장례 절차)에 필요한 비용과 절차를 미리 절에 부탁해 준비해두었다.

그녀가 스님의 입적 소식을 듣고, 다음 날 저녁 무렵 절 뒷산에 있는 다비식 현장을 찾았을 때는 이미 어둠이 깔려 있었고, 희미한 불빛의 석등만이 덩그러니 서 있었다. 그날 다비식이 있었던 절의 스님들은 장작에 불만 지펴놓고 모두 자리를 비웠다고, 절에서 일하는 공양주 할머니가 몰래 알려주었다. 스님의 마지막 길을 지켜주는 이가 아무도 없었던 것이다. 그녀가 합장을 하고 돌아서려던 순간, 바람이 불어와 다비장에 켜켜이 쌓여 있던 나무재가 흩어졌다. 그 순간 그녀는 자신의 눈앞에 벌어진 광경에 너무 놀라 그 자리에 털썩 주저앉았다고 했다. 그날 밤은 유난히 달이 밝아 하늘의 별들이 총총히 빛났다. 스님이 떠난 자리에는 마치 하늘에서 빛나는 별이 떨어진 것처럼, 수많은 사리舍利(화장 후 발견되는 구슬 모양의 유골)가 영롱한 빛을 내고 있었다.

스님은 자신이 지은 전생의 업보를 평생 참회하며 살았다. 입적하기 전에 마지막으로 그녀를 만났을 때, 스님은 "자네와 나의 업장소멸을 위해 열심히 참회 기도를 했네. 내가 없더라도 열심히 기도하고 수행하면서 뒷날에 오시게"라고 말했고, 아들을 잘 섬기고 보살피라고도 당부했다. 리딩에서는 현생의 아들이 그때 인도의 삶에서 죽었던 남편이라고 말했다. 스님은 그녀와의 전생 인연을 알고 있었던 것이다. 어느 이름 모를 스님의 생애와 죽음에 대한 리딩을 통해 정말 카르마가 무섭다는 생각을 새삼 다시 하게 됐다.

예수는 인류의 죄를 대신해 십자가에 못 박혀 죽었다. 〈베드로가 필립에게 보낸 편지〉를 보면, 예수는 태어난 순간부터 고통을 겪지만, 죽음의 순간에는 자신의 육체적인 죽음을 바라보는 목격자였다. 〈요한행전〉에서 예수는 이렇게 설명한다.

"너는 내가 고통을 겪는다고 들었으나, 나는 고통을 겪지 않았다. 나는 고통을 겪지 않는 자였지만, 너는 고통을 느꼈다고 했다. 나는 못 박힌 자였으나, 수난을 당하지 않았다. 나는 매달린 자였으나, 매달리지 않았다. 내게서 피가 흘러나왔으나, 나는 피 흘리지 않았다."

예수는 어떻게 그렇게 고통을 겪으면서도 동시에 고통을 겪지 않을 수 있었을까? 예수가 설명하듯이 '인간과 나 자신을 구별'했기 때문이다. 이는 의식과 육체를 분리해야만 가능한 현상들이다.

〈베드로의 영지주의적 계시록〉•에서 베드로는 십자가에 매달려 두 손과 두 발에 못이 박힌 예수가 기뻐하며 웃는 모습을 본다. 예

• 〈베드로가 필립에게 보낸 편지〉, 〈요한행전〉, 〈베드로의 영지주의적 계시록〉 등은 대표적인 《성경》의 외경들이다. 일반적으로 외경은 정경에 포함되지 않는 문서들을 총칭한다.

자기 성찰과 영적 성장이 죽음을 두려움이 아닌 기쁨으로 이끌 수 있습니다.

수는 이렇게 설명한다.

"너는 나무에 매달려 기뻐하며 웃는 자를 보느냐. 그가 살아 있는 예수니라. 그러나 저들이 못을 박은 두 손과 발을 지닌 이자는 육체의 부분이니, 이자는 수치를 당하는 대리적 존재이며 모습이 닮은 자이니 그와 나를 보라."

우리가 육체와 의식을 분리하는 공부를 할 수만 있다면, 우리를 두려움과 공포에 떨게 하는 죽음을 편안하게 맞을 수 있지 않을까?

오늘날 대부분의 기독교인은 교회가 한때 환생을 진지하게 고려했다는 사실조차 모른다. 그러나 기독교가 로마제국의 콘스탄티누스 황제의 야심적 수단이 되기 전까지, 환생은 박해받던 기독교 신자들 사이에서 널리 받아들여지고 있었다.

아일랜드의 신비학 연구자이자 신지학회 창설에 기여한 윌리엄 콴 저지William Quan Judge(1851~1896)는 환생이 "기독교의 잃어버린 끈이다"라고 말한다. 그 증거는《성경》구절에서도 발견된다.《성경》은 환생을 믿으라고 공개적으로 가르치지는 않지만, 신약과 구약에서 환생에 대한 언급을 찾아볼 수 있다. 미국의 신학자 제임스 M. 프라이스James M. Pryse(1859~1942)는 1900년에 출간한《신약에서의 환생Reincarnation in the New Testament》에서 "신약에서 분명히 가르친 환생의 교리를 반박하는 것은《성경》의 저자들이 틀렸다고 주장하는 것과 같다"고 말했다.

전통적으로 이슬람교, 유대교, 기독교는 전면적으로 환생을 부정한다. 그러나 이들의 종교적 사유체계를 깊이 탐구해보면, 환생에 대한 가르침이 면면히 흐르고 있음을 간파할 수 있다. 예를 들어, 예언자 마호메트의 가르침과 윤회는 겉보기에는 관련이 없어 보이지만,《코란》에는 다음과 같은 구절이 있다.

"그리하여 알라신이 너를 이 세상에 나오게 했다. 저 들의 풀처럼 이 땅을 모체로 해서. 그런 다음 그는 너를 다시 땅속으로 돌려보낼 것이며 너에게 새로운 생명을 줄 것이다."(〈수라〉 71:17~18)

환생의 법칙, 즉 카르마의 법칙을 바르게 이해하고 받아들인다면, 죽음은 두려운 세계가 아니다. 우리는 선한 마음으로 착하게 살아가면서, 언젠가 맞이할 죽음을 준비하며 살아야 한다. 매일 명상을 통해 자기 성찰의 시간을 가지면서 말이다.

10

망각의 잔과 지혜의 잔 중 무엇을 선택하겠습니까?

영혼이 전하는 기억과
이야기를 보았습니다

우주의 모든 사물이 시시각각으로 나고 죽으며, 잠시도 끊이지 않고 변화하는 자연의 법칙을 '염념생멸念念生滅'이라고 한다. 인간 또한 태어나면 죽는다는 법칙에서 벗어날 수 없다. 인간에게 '사라져 없어진다'는 것에 대한 두려움은, 한편으론 그리움과 기다림과 아쉬움이 있다는 뜻이다. 생멸의 이치에 따라 육체는 언젠가 사라지겠지만, 영혼이 남기에 완전한 사라짐은 없다. 태초에 시작이 있으면 끝 또한 있어야 하지만, 리딩으로 보면 영혼은 육체의 죽음 이후에도 사라지지 않는다.

우주 만물의 구성체인 자연은 인간이 감히 측정할 수 없는 무한한 세월과 시간 속에서 끊임없이 태어나고 사라져왔을 것이다. 생명의 신비는 모든 과학자, 철학자, 신학자들에게 풀리지 않는 수수께끼다. 종교에서는 다양한 교리로 생명을 설명하려 하지만, 과학적 사실과 부합하면서도 교리 체계 내에서 모순을 갖지 않는 경우는 불교를 제외하고는 드문 것 같다. 물론 불교조차 직관과 통찰을 설명하는 데 그칠 뿐, 세부적인 논의로 들어가면 그 가르침에도 분명 한계가 있다.

전생 리딩을 의뢰하는 사람 중에는 성직자나 종교인도 많다. 이들은 자신이 믿는 종교의 가르침에 따라 진정성과 명확한 가치관을 가지고 살아가지만, 그럼에도 불구하고 풀리지 않는 의문을 안고 찾아오는 경우가 있다. 그들의 신도 중에서도 종종 자신이 믿는 존재에 대해 의문이 생겨 또 다른 의견을 듣기 위해 나를 찾아오기도 한다.

어느 30대 중반 남성이 자기 삶의 중심적 가치에 대해 질문했다. 리딩은 보통 구체적인 질문에 앞서, 먼저 그 사람의 현생에 영향을 미치는 주요 전생을 설명하는 방식으로 진행된다. 사람들은 각기 수많은 전생을 가지고 있지만, 이번 생에서 어떤 영적 목표와 숙제를 풀기 위해 태어났는지에 대해 이야기하는 것이 먼저다.

그 남성의 전생을 리딩해본 결과, 대부분 종교인이거나 또는 종교인이 아니어도 영성을 공부하고 수행하는 삶의 모습이 많이 나타났다. 예수가 태어나기 전인 기원전 1세기 동유럽 폴란드의 생에서는 열악한 산악지대의 바위굴에서 구도를 위해 광야를 떠도는 광인狂人으로 살았다. 또 다른 전생인 5세기 프랑스에서는 농부로 살며 수도원의 수사들에게 식량을 제공하기 위해 농사를 지었다. 19세기 독일에서는 신지학을 공부하는 귀족 집안에서 태어나, 신비한 지식과 영적 탐구에 몰두한 영성가로 살았다. 그가 이번 생에 태어난 이유는 다른 사람들의 영적 각성을 돕고, 자신의 영적 성장을 위해 더 많은 헌신과 봉사를 하기 위해서라고 리딩은 말했다.

그는 4대째 기독교인 집안에서 태어난 모태 신앙인으로, 어릴 때부터 부모님을 따라 교회에 다녔다. 그러나 성장하면서 채울 수 없는 영적 갈증 때문에 방황했다고 한다. 그 이유 중 하나는 교회의 가르침과 다른 영적 세계를 체험했기 때문이었다. 고등학교 시절 교통사고로 다리가 골절되어 수술을 받게 되었는데 마취하기 직전에 신비한 체험을 하게 된 것이었다. 수술에 대한 두려움보다 알 수 없는 희열과 환희를 느끼며 행복한 기분이 들었다고 했다. 그 이유는 노란색 옷을 입은 빛나는 존재가 자신을 지켜주고 있다는 믿음 때문이었다. 그는 그 존재가 기독교의 천사도 불교의 보살도 아니라는 생각이 문득 들었다고 했다.

의사들은 이러한 현상을 마취 상태에서 일어나는 환각이나 환영이라고 설명한다. 마취제 케타민Ketamine은 투여 용량에 오류가 생길 경우, 신경계에 영향을 미쳐 과도한 혼란 상태, 의식 저하, 또는 환각을 유발할 수 있다고 한다. 예를 들어, 미국 존스홉킨스대학교 정신의학과 교수였던 스타니슬라프 그로프Stanislav Grof 박사는 환각제LSD 실험을 통해 사람들이 초월적 현상을 경험할 수 있다고 말했다. 그러나 그 남성은 분명 마취 전에 자신의 주위에서 일어나는 영적 현상을 인지하고 있었다고 주장했다.

그 사건 이후 그는 마음공부에 관심을 가지게 되었고, 명상과 요가를 배우며 내면을 탐구하는 기도의 시간을 가졌다. 초자연적 현상에 대한 흥미가 생기면서 이 세상에는 수많은 차원이 존재한다는 것을 깨닫게 되었다고 한다.

또 다른 사례에서는 깊은 산속에서 평생을 수행만 하던 한 노스님이, 자신이 죽기 전에 꼭 알고 싶다면서 출가 전의 속가 인연에 대해 물었다. 어느 날부터 꿈속에서 반복해 나타나는 어느 초라한 여인이 현생에 자신을 낳은 생모였는지 궁금하다고 했다.

스님은 조선시대에 양반가의 대감으로 살았던 전생이 있었다. 원래 자손이 귀한 집안이었으나, 정실부인이 아들을 낳지 못하자 대감은 첩을 들였다. 첩이 아들을 낳았지만, 뒤이어 정실 또한 아들을 낳았다. 당시에는 적자가 가문의 대를 잇는 것이 당연한 사회적 관습이었기 때문에, 대감은 집안 어른들의 압력으로 서자였던 아들을 쫓아내듯이 출가시켜버렸다. 첩 또한 적은 재물을 받고 친정으로 돌아가게 되었다. 그때의 과거 생에서 부모에게 버림받은 서자였던 그 아들의 경험이 이번 생에서 스님이 출가한 원인이 되었다고 한다.

리딩을 들은 스님은 합장을 하며 자신이 업둥이로 태어나 절에 버려져 어쩔 수 없이 어린 나이에 출가했다고 말했다. 그는 세월이 흐르면서 부모가 왜 자신을 버렸는지에 대한 의문을 계속 품고 있었는데, 이제는 그 의문이 풀린 것 같다고 했다. 또한, 출가 후 사미계沙彌戒를 받은 어느 날부터 꿈속에서 반복적으로 나타나는 초라한 여인에 대해 물었다. 리딩은 그 여인이 전생에서 대감에게 쫓겨난 첩이라고 설명했다. 그 첩은 그 전의 과거 생에서 중국의 귀족 집안에서 귀부인으로 살았으나, 남편의 첩실에게 모질게 굴었고 끝내 그 첩실을 집 밖으로 쫓아냈다. 그때 지은 부적절한 카르마로 그 귀부인의 영혼은 조선시대 어느 대감 집안의 첩실로 들어가 서자를 낳았지만 결국 집에서 쫓겨나는 인과를 받았다고 리딩은 말했다.

고아로 태어나거나 어린 나이에 부모에게 버림받은 사람들이 자신의 의지와 상관없이 세상에 홀로 남게 된 이유를 물어보는 경우가 종종 있다. 모든 경우는 아니지만, 리딩을 통해 공통적으로 나타나는 말은 "네가 먼저 버렸다"는 것이다. 그래서 여러 생에 걸쳐 서로의 삶의 경험을 공유하며 영적인 균형을 맞춰야 한다는 교훈을 얻는다.

이 이야기들을 종합해보면, 우리는 각자의 삶이 전달하는 영적인 메시지를 알아야 하며, 어떤 역경이나 불행 속에서도 그것을 극복할 용기와 의지를 가져야 한다. 전생 리딩의 목적은 단순히 전생을 아는 것이 아니라, 그 사람이 전생에서 겪었던 경험을 탐구하여 현생에서 자신의 삶을 더 깊이 이해하는 데 있다.

모스크바의 전문의 바바라 이바노바는 소비에트공화국의 과학자와 작가들 사이에서 높이 평가받은 인물이다. 그녀는 모리스 네더턴 박사와 서구 전생 치료사들의 연구를 종합하며 이렇게 확언한다.

"우리는 역경을 극복하는 법을 배울 때까지 매 생애에서 비슷한 역경을 겪는다. 그 문제를 해결하지 못하면, 현생에서 다른 형태와 상황으로 나타날 뿐만 아니라 다음 생에서도 계속 이어진다. 우리가 올바른 방법으로 문제를 극복할 때까지 반복된다."•

고사성어에 '불원천불우인不怨天不尤人'이라는 말이 있다. 하늘을 원망하지 말고, 남을 탓하지 말라는 뜻이다. 결국 모든 책임은 나에게 있으며, 모든 답도 나에게 있다는 것이다.

에드거 케이시의 리딩에서도, 인생은 연속되는 것이기 때문에 현재 나타나는 상태는 물리적이든 의식적이든 과거의 언젠가에 자신이 만든 결과라고 한다. 따라서 자기 연민에 빠지거나 누구를 원망해서는 안 된다고 말한다.

고대 그리스와 로마 사람들은 사람이 죽으면 레테의 강을 건너야 한다고 믿었다. 레테는 그리스 신화에 나오는 망각의 강 또는 망각의 여신이다. 이 강을 건너면 살아생전의 모든 기억을 잊어버리게 된다. 플라톤에 따르면, 죽은 자가 '기억의 샘물'을 마시고 오른쪽 길로 가면 하늘에 이르며, '망각의 잔'을 마시고 왼쪽 길로 가면 다시 환생한다고 한다. 영지주의의 〈구세주의 대화〉에도 비슷한 교리가 있다. 즉, 올바르게 산 사람은 환생 전에 망각의

• 《나는 아흔여덟 번 환생했다》, pp.90~91.

죽을 때 깨어 있는 의식을 가진 영혼은
망각의 강이 아닌 지혜의 강을 건넙니다.

잔 대신 '지혜의 잔'을 받으며, 이를 통해 영혼은 잠들거나 망각하지 않고 빛의 미스테리아를 발견할 때까지 영적 여행을 계속할 수 있다. 반면, 세속적 집착이 많은 사람은 망각의 잔을 마시고, 아무것도 기억하지 못한 채 다시 태어나 자신이 왜 태어났는지도 모른 채 삶을 반복하게 된다.•

현자들은 말한다. "그 강을 건너지 말고, 그 강물을 마시지 말라." 죽을 때 깨어 있는 의식을 가진 영혼은 망각의 강이 아닌 지혜의 강을 건너야 한다. 그 강물을 마셔야 이승에서 배운 것을 기억하고 다시 태어날 수 있으며, 그렇게 해야 윤회의 바퀴가 달린 지구라는 수레에서 벗어날 수 있다. 이제 윤회를 끊고, 우리는 더 높은 차원으로 한 걸음 나아가야 한다.

• 《예수는 신화다》, pp.165~166.

11

왜 어떤 영혼은 이승에 남아 귀신이 됩니까?

집착과 욕망이 만든
어둠의 잔상을 보았습니다

내담자와의 리딩에서 그와 겹쳐 보이는 영적 존재들을 볼 때가 있다. 그 존재들은 때로 그 사람이 가진 질병의 원인이 되기도 하고, 심리적 갈등의 주체로 작동하기도 한다. 또 어떤 존재들은 사람에게 특별한 영향을 끼치지 않고 그저 그 사람 주위에 머물며 그림자처럼 있다.

그중에는 다소 애매한 영적 흔적을 지닌 존재들도 있다. 이런 불안정한 에너지체들을 살펴보면 대부분은 육신이 없는(에너지체의 상대적 반사 작용이 없는), 즉 우리가 흔히 귀신이라 부르는 혼체의 상태에 있다.

귀신은 생명의 차원과 영혼의 차원 사이에 있는, 불완전하고 일시적인 중간 차원의 존재이다. 그것은 영혼의 실체가 아니다. 영혼은 생명체가 가지는 고유한 에너지체이지만, 사후의 영혼은 윤회의 뿌리가 되는 본래의 원형을 가리킨다. 그러나 귀신은 애착과 집착을 가지고 불완전한 영적 공간에 계속 머무는 상태를 의미한다. 사후의 영혼은 의식과 육체가 분리되는 순간부터 생명적 차원에서의 직접적 관계가 사라지고, 아뢰야식阿賴耶識(일종의 업식)

으로 존재한다. 그런데 살아생전의 의식과 완전히 분리(죽음에 대한 인식)되지 못하고 생전의 집착과 애착을 가진 채 나타나는 귀신은, 생명체도 아니고 사후의 영혼도 아니다. 그것은 생명체가 살았던 생전의 잔상이며, 삶과 죽음 사이에서 일시적으로 머무는 중간 존재이다.

귀신은 영혼이라고 할 수 없다. 귀신은 망령亡靈이므로 독립적으로 존재할 수 없으며, 반드시 살아 있는 사람이나 어떤 물질의 식識(현상계에 존재하는 모든 것)에 의존해야 자신의 존재를 드러낼 수 있다. 따라서 살아 있는 사람과의 어떤 인연이나 유대가 끊어지면 더 이상 존재할 수 없다.

귀신은 미망迷妄의 존재로서, 결국에는 저승으로 돌아가야 한다. 귀신들은 전오식前五識(안식眼識, 이식耳識, 비식鼻識, 설식舌識, 신식身識)의 소멸로 인해 보거나 듣거나 만지거나 느끼는 존재가 아니다. 의식 간의 영적인 교류가 살아 있는 사람의 전오식에 의존하지 않으면 그들의 존재적 현상들이 드러날 수 없다. 그러나 죽음 후 얼마 동안은 생명적 존재와 귀신의 존재가 크게 다르지 않은 경우도 많다. 이는 전오식의 잔상이 남아 의식의 분리가 이루어지지 않은 상태 때문이며, 이런 경우 자신이 죽은 것을 모르고 무언가 이상하다는 느낌만을 가진 채 어리둥절한 상태에 놓인다.

전생 리딩 사례를 소개해보겠다. 사사건건 자신을 무시하는 시어머니와의 갈등으로 매일같이 극단적인 선택을 생각할 정도로 깊은 우울증을 앓고 있던 30대 여성이 있었다. 그녀는 의대 재학 시절 캠퍼스 커플로 만난 현재의 남편과 결혼하여 부부의 인연을 맺었다. 시어머니는 젊은 시절 결혼에 실패한 후 홀로 아들을 어렵게 키웠고, 의사가 된 아들은 어머니에 대한 효성이 지극했다. 하지만 결혼 후, 그녀는 사사건건 자신을 무시하는 시어머니의 가스라이팅에 가까운 횡포로 인해 말로 표현할 수 없는 마음의 고통과 어려움을 겪었다. 남편은 방관자에 가까운 태도를 보였고, 마치 제삼자처럼 일관되게 행동했다.

전생에 그녀는 300년 전 어느 명문가의 종갓집 안방마님이었다. 자손이 귀한 그 집안에는 다행히 아들이 한 명 있었다. 그러나 종갓집에 시집온 며느리가 아들을 낳지 못하자 시어머니였던 그녀와 며느리 사이의 갈등은 점점 깊어졌다. 유달리 집착이 강했던 시어머니는 며느리를 타박하고 미워했다. 결국 며느리는 시어머니와의 갈등을 이겨내지 못하고 저택의 우물에 몸을 던지는 극단적인 선택을 했다. 하지만 명문가였던 그 집안은 며느리의 죽음이 가문에 치명적인 불명예를 입힐까 두려워 시신을 수습하지 않고 우물을 흙으로 덮어버렸다. 시어머니는 며느리가 병 때문에 친정으로 돌아갔다는 소문을 내어 비극적인 사건을 은폐했다.

리딩에서는 현재의 시어머니가 과거 우물에 몸을 던진 며느리의 인연으로 나타났다. 시간을 거슬러 올라가보면, 그때 심한 고부간의 갈등으로 며느리가 우물에 몸을 던지게 만든 시어머니가 현재 심한 우울증을 겪고 있는 며느리로 환생한 것이다. 현생에서는 갑과 을의 역할이 바뀌어 각자의 입장에서 대립하고 갈등이 깊어졌다. 전생이 전하는 메시지는, 그 생에서 해결하지 못한 숙제를 이번 생에서 잘 풀고 해결하라는 것이다. 현생에서의 만남은 서로를 이해하고 화해하며 반성할 수 있는 기회의 시간인 것이다.

리딩을 의뢰했던 30대 여의사는 나와 평소에 친분이 있는 사람의 사촌 동생이었다. 이후 리딩 내용을 알게 된 지인의 간곡한 부탁을 거절하지 못해, 나는 전생 리딩에서 보았던 300년 전 우물의 장소를 찾아가보았다. 그곳은 이미 신도시로 변하여 도로와 아파트로 가득 찬 동네가 되어 있었다. 하지만 나는 놀랍게도 아파트 아래의 땅속 어딘가에, 그 전생의 우물 속에 남아 있는 며느리의 주검을 알 수 있었다. 그때의 잔상들이 그녀(현생의 시어머니)의 무의식 속에 여전히 남아 있다는 강한 느낌을 받았다. 아직도 당시 의식의 일부가 그 우물 속 차가운 시체 안에 남아 있다는 말이다. 그리고 더욱 놀라운 사실은 그 우물 위에 세워진 아파트에 지금의 시어머니가 살고 있다는 것이다.

동양 사상(선도仙道나 도교道教)에서는 인간의 영혼이 삼혼칠백三魂七魄의 구성체라고 말한다. 쉽게 설명하자면 삼혼은 세 가지 영혼을 말하고, 칠백은 육체를 구성하는 일곱 가지 원소를 뜻한다.• 앞서 언급한 우물에 몸을 던진 여인의 일부 의식 속에는, 당시의 기억이 혼백魂魄에 잔존해 있었다. 남아 있는 혼백의 기운이 리딩에서 보인 것이다. 사람이 죽으면 영과 혼은 육체를 떠나지만, 육체에 남아 있는 칠백의 일부는 죽은 장소에 남아 있기도 한다. 생전에 강한 집착이나 애착, 혹은 극단적인 미움에 사로잡혀 있던 사람일수록 혼과 백이 분리되지 않고 혼백으로 남아 귀鬼(귀신)가 된다.

영혼의 세계는 정말로 복잡하고 신비해서, 현생에 다시 태어난 사람에게 또 다른 자신의 혼이 영향을 미친다는 것을 논리적으로 설명하기는 어렵다. 과학자들은 증명되지 않은 이런 이야기를 터부시하기도 한다. 그러나 이런 혼백은 인간계에 미움과 원망의 형태로 남아 '떠나지 않고 돌아온 자'라는 의미를 가지며 일종의 심령적 형태로 상대에게 영향을 미친다. 병 등의 해를 끼치기도 한다. 혹자는 이러한 영적 현상을 지박령地縛靈으로 부르기도 하는데, 이 존재에 대해서는 더 섬세하고 구체적인 설명이

• 삼혼칠백에 대한 설명은 종교와 사상에 따라 조금씩 다르다. 여기에서는 도교를 기준으로 간략히만 적는다. 삼혼은 태광胎光, 상령爽靈, 유정幽精이다. 칠백은 시구尸狗, 복시伏矢, 작음雀陰, 탄적吞賊, 비독非毒, 제예除穢, 취폐臭肺로 설명한다.

필요하다.

리딩으로 본 전후 상황을 종합해보면, 과거 생에서 며느리였던 이의 영혼이 경험했던 처절한 감정의 잔상들이, 시공을 뛰어넘어 지금 시어머니의 깊은 무의식 속에 남아 있는 것이다. 그녀의 무의식에 일부의 귀혼鬼魂이 남아 있어, 그때 며느리였던 자신의 처참한 경험을 지금의 며느리에게 되돌려주고 있는 것이다. 리딩을 들은 후 그 여의사는 평소 감정이 예민해지는 날에는 접시에 담긴 물만 봐도 온몸에 두려움의 전율을 느낀다고 말했다. 리딩에서 그 감정은 우물에 빠지기 직전 며느리의 두려운 마음 상태와 연결되어 있다고 설명했다.

귀신은 사후에 생전의 집착에 대한 미련으로 잔상이 사라지지 않은, 인간의 마지막 의식과 연결된 미해결의 말나식末那識이다. 말나식은 불교에서 말하는 제7식으로 심층의식을 의미한다.[••] 말나식은 마지막 식(제8식)인 아뢰야식(저장과 집착)에서 비롯되어, 그 일부를 자신이 가졌던 어떤 감정의 대상으로 집착한다. 이 말나식은 무지, 갈망, 그리고 갈애의 에너지다. 이러한 집착은 사람

•• 불교에서 말하는 8식八識은 인간의 의식과 인식을 분석한 개념이다. 제1식 안식眼識, 제2식 이식耳識, 제3식 비식鼻識, 제4식 설식舌識, 제5식 신식身識, 제6식 의식意識, 제7식 말나식末那識, 제8식 아뢰야식阿賴耶識이다. 1~5식은 감각적 인식에 해당하고, 6식은 판단과 사유, 7식은 집착, 8식은 근본적 무의식을 설명한다.

이 임종 순간에 남긴 미해결의 트라우마와 연결되어, 현생에서도 질병의 원인으로 작용할 수 있다. 또한, 그 사람의 감정적 사고, 즉 마음의 병에도 영향을 미칠 수 있다.

현대의 과학이나 의학으로 치료받기 어려운 병을 앓고 있는 사람들 중, 자신의 난치병이나 불치병의 원인을 알지 못하는 경우가 많다. 일부는 이것이 영적인 문제로, 미망의 존재로 남아 있는 원결寃結을 가지고 죽은 조상이나 귀신 문제 때문이라고 생각하는 경우도 있다. 그래서 절에서의 천도재薦度齋나 영매자靈媒者를 통한 무속의 천도굿은 모두 이러한 귀신을 저승으로 보내기 위한 종교적 행사이다. 이는 생전의 의식과 말나식을 완전히 지워주는 의식인 것이다.

흥미로운 점은 종교적 의식을 치른 후 환자의 병이 말끔히 나은 사례가 종종 있다는 것이다. 병원의 의사들은 이를 치료의 결과로 해석하며, 영적인 행사를 주관한 사람들은 천도재나 굿의 영험 덕분으로 여긴다. 어느 입장이든, 환자가 도움을 청한 사람들(의사나 스님, 영매자)의 도움으로 치유되었다는 점에서 더 이상의 설명은 필요 없을 것이다.

과학이 아닌 미지의 차원인 귀신의 세계는 여러 면에서 다르게 해석하고, 관찰하고, 연구해야 할 흥미로운 부분이 많다. 그 세계를 무시할 수는 없지만, 차원이 다른 세계이고 우리의 삶에 부정적인 간섭만 하지 않는다면 지나치게 의식할 필요는 없다.

어떤 사람들은 돌아가신 부모님이 어떤 영계靈界•에 머물고 있는지, 만약 전하려는 메시지가 있다면 알고 싶다고 묻기도 한다. 이 질문에 대해 리딩을 해보면, 부모의 영혼이 이미 저승으로 돌아간 경우에는 영적 소통이 이루어지지 않고 단지 밝은 빛으로 보일 뿐이다. 그럴 때는 부모님의 영혼이 편안하다고 전해준다. 리딩은 그들이 미망의 촛불을 끄고 저승으로 가서 또 다른 차원으로 상승하기 위한 준비를 하고 있다고 말한다.

죽음의 문턱을 넘어서는 순간부터 시작되는 사후세계는 누구의 간섭이나 도움을 받을 수도 없고 줄 수도 없는 곳이다. 그 차원은 인간의 사고로는 알 수 없는 영역으로, 누구도 관여할 수 없다. 그곳에서는 오직 죽은 사람이 이승의 삶(물질세계)에서 행했던 모든 행위에 대한 인과에 따라 신의 평가를 받으며 절차를 밟게 된다.

자영업을 하는 어느 40대 남성이 찾아와 아내와 두 자녀와의 전생 인연에 대해 물어왔다.

그 가족이 살았던 전생의 배경은, 중국 황하강 근처에서 고기잡이를

• 영계의 단계는 종교에 따라 다르게 설명되고 해석된다. 크게 세 가지로 나누어 설명하자면, 상위 영계는 천국 또는 극락을 의미하며, 중간 영계는 일반 영혼들이 머무는 곳이다. 하위 영계는 기독교에서는 연옥煉獄, 불교에서는 축생계畜生界로 불리며, 지옥은 그보다 더 낮은 단계에 해당한다.

하던 가난한 어부의 집안이었다. 그 집안의 남편이 현재의 아내였다. 어느 해, 칠흑 같은 한밤중에 갑작스럽게 내린 폭우로 홍수가 나 오두막집이 물에 잠기기 시작했다. 강가에 묶어둔 고깃배와 그물은 모두 떠내려갔다. 그 와중에 남편(현재의 아내)은 가족을 돌보지 않고 혼자 뭍으로 빠져나왔다. 당시 남편에게는 몰래 사귀던 옆 마을 여인이 있었는데, 그 여인만 데리고 도망쳐 목숨을 건진 것이다. 불행히도 오두막집에 고립된 가족은 자신들을 구해줄 거라 믿었던 남편과 아버지를 기다리다 죽음을 맞았다. 그때 죽었던 가족이 현생의 남편과 두 자녀였다고 리딩은 전했다.

전생의 남편이 현재의 아내라고 말하자, 남성은 눈물을 흘리며 아내가 예기치 못한 사고로 죽었다고 말했다. 남성은 그때의 인과 때문에 아내가 그렇게 죽은 것이냐고 물었다. 내가 대답을 위해 눈을 감자, 남성은 눈물을 닦으며 무언가를 아는 것 같은 표정을 지었다. 아내가 죽은 이후, 남성은 하루걸러 아내가 꿈에 나타나 슬피 울다가 간다고 했다. 불교를 믿는 집안이라 천도재도 올렸지만, 그런 꿈을 꾼 날은 아침부터 마음이 우울해져 일상 업무를 보기 힘들다고 하소연했다. 리딩을 통해 그녀가 머물고 있는 중음계中陰界(이승과 저승의 중간)를 찾아가 영혼의 상태를 살펴보았다.

그녀는 세상에 두고 온 어린 자식들에 대한 걱정과 그리움 때문에, 이승에서의 인연을 차마 끊지 못하고 망연자실해 있었다. 그녀는 자신이 살았던 집 주변의 어두운 골목길을 헤매며 슬피 울고 있었다. 그런데 그 영

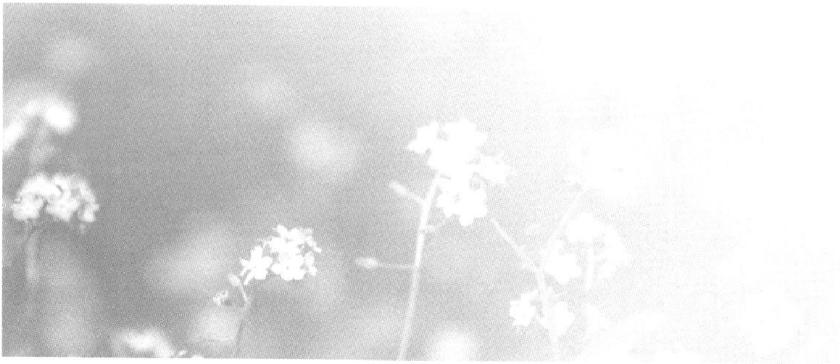

우리는 평소에 선한 마음과 행동으로, 죽을 때 오식의 인질이 되지 않아야 합니다.
그래야 귀신이 되지 않고, 바로 저승으로 갈 수 있습니다.

혼을 조심스럽게 살펴보니, 자궁 속에 아직 태어나지 못한 아이의 흔적이 있었다. 이는 현생에서 아내가 죽기 전에 임신을 했다는 사실을 의미한다. 전생으로 거슬러 올라가보면, 어부 남편이 내연녀를 구하려 필사적이었던 이유는 그녀가 자신의 아이를 임신한 사실을 알았기 때문이었다. 정말 아이러니하게도 자기 아내의 임신 사실은 모르고 말이다. 그때의 카르마 때문에 아내는 불의의 사고로 죽었다고 리딩은 말했다.

슬픔에 빠져 흐느끼는 남성의 울음소리 때문에 더 이상 리딩을 진행할 수 없었다. 그 아이(전생에 아내의 배 속에 있던)의 영혼이 죽은 아내의 임신과 관련이 있다고 리딩은 말했다. 비록 전생의 일이라 할지라도, 오두막집의 남편으로 살았던 그가 현생에서 자식을 임신한 채 죽어간 슬픈 어머니의 영혼을 만난 순간, 나의 가슴도 먹먹해졌다. 이런 말이 있다. "애착과 미움의 상념은 집비둘기 같아서, 언젠가 그 마음의 집인 영혼으로 다시 찾아온다." "악하게 살지 마라. 그러면 악인을 만나지 않는다." "선하게 살아라. 그러면 언젠가 은혜를 만날 수 있다."

나는 오랜 시간 전생 리딩을 해오면서 영적 현상을 많이 접할 수밖에 없었다. 그래서인지 오래전부터 심한 불면증으로 마음고생을 하고 있다. 잠을 잘 때 내 주위로 많은 영가靈駕가 찾아오기 때문이다. 그들도 자신들이 가야 할 저승길을 어떻게 찾아갈 수 있는지 물어오고, 그에 대한 이야기를 듣고 싶어 한다. 이러한 존재들의 영적 호기심(?)이 내 수면의 질을 극도로 떨어뜨린다. 쉽게 말해서 잠을 못 자게 계속 깨운다고 설명하는 것이 맞겠다. 경우는 다르겠지만 예술인 중에도 수면의 질이 낮은 사람들이 많다는 이야기를 들은 적이 있다. 그들의 예술적 재능이 어떤 영적 에너지와 연결되어 그런 것이 아닐까 하는 생각이 들기도 한다.

2001년 9월 외신은, '빈민들의 어머니'라 불리며 노벨 평화상을 받은 마더 테레사 수녀가 1997년 선종하기 전에 심장질환으로 입원 중이던 병원에서 '악령을 내쫓는 구마驅魔 의식'을 받았다는 사실을 전했다. 인도의 앙리 드수자 대주교는 테레사 수녀가 의학적으로 원인을 알 수 없는 불면증에 시달렸기 때문에, 악마의 공격일 수 있다고 판단하여 교회의 이름으로 "악령을 쫓는 기도를 하게 되었다"고 밝혔다고 했다.

귀신은 온전한 의식을 가진 존재가 아니라, 생전에 집착과 욕망으로 인해 왜곡되고 비틀어진 상태의 상처 난 영적 구조를 가지고 있다. 귀신은 같은 처지의 영혼이나 가장 가까운 혈족의 의식과 전오식을 빌려서 보고 느끼는 감각욕을 해소하려고 한다. 인간의 마음은 생전에 오식五識에 의해 사로잡혀 있는 존재이다. 그러므로 우리는 평소에 마음과 행동을 선하게 하여, 죽을 때 오식의 인질이 되지 않도록 해야 한다. 그래야 죽어서 귀신이 되지 않고 바로 저승으로 갈 수 있다.

인간이 죽어서 중음계를 떠도는 귀신이 되지 않으려면 올바른 윤리와 도덕의 길을 따라가며 진실에 바탕을 둔 삶을 살아야 한다. 그러나 오늘날의 각박한 현실과 서로 다투는 생존경쟁 속에서 온전한 의식을 가지고 살기는 쉽지 않다. 그래서 매일 하루의 일과를 되돌아보며 자신의 마음을 깨끗이 하는 반성과 참회의 시간을 가지는 것이 중요하다. 그것이 온전한 의식을 가질 수 있는 유일한 방법이 될 수 있다.

12

죽음 이후 영혼은 어떤 차원으로 이동합니까?

육체를 벗어난 영혼이 머무는 곳을 보았습니다

나에게 전생을 물어오는 사람 중에는 사랑했던 가족이나 친구 등 먼저 떠나보낸 이들의 영혼이 어떤 영적인 상태에 있는지 궁금해하는 경우가 많다. 그 영혼들이 저승에 온전히 가지 못하고 구천을 떠도는지, 아니면 《성경》에서 말하는 죽음의 계곡을 헤매고 있는지에 대해 묻곤 한다.

죽음이라는 차원은 우리의 의식으로는 이해하기 어려운 영역靈域이다. 우리가 살아가는 차원이 3차원(물질계)이라면, 죽음 이후는 또 다른 차원의 세계에 해당한다.

인간은 죽음에 대한 두려움과 공포로부터 자유롭지 못한 존재이다. 이는 물질적 육체에 대한 집착과 상실감에서 비롯된다. 대부분의 사람은 육체를 가지고 살았던 경험 때문에 그 기억에서 자유로울 수가 없다. 그러나 죽음의 단계를 제대로 인식하는 영혼은 자신이 속했던 시간과 공간의 물리적 간섭에서 벗어날 수 있다. 이러한 경우, 그 영혼은 3차원보다 높은 다른 차원의 세계에서 자신의 생각을 자유롭게 다스리고 설계할 수 있다. 이 차원은 물질적 육체가 없는 심령체心靈體가 존재하는 영적 공간으로, 감각과 정신의 중심체로서 4차원계인 심령계에 속한다. 심령계는 공간의 제약이 없기 때문에 카르마의 법칙과 영향으로부터 비교적 자유롭다. 5차원계는 천상계로, 이 차원은 더 높은 상위 차원과 연결되어 있다. 천상계는 우주의 모든 물질의 근원 에너지를 관장하는 곳으로, 우주의 창조주가 계신 장소이다.

서양의 신지학에서는 인간의 7본질에 대한 비경秘經을 가르쳤으며, 고대 티베트인들은 이러한 심오하고 신비한 상태를 바르도* 라 불렀다. 8세기에 티베트인들은 육체를 벗어난 경험을 모아 영혼이 사후에 경험하고 통과해야 할 과정을 보여주는 안내서《티베트 사자의 서》를 엮어냈다. 이 책은 사람이 죽은 순간부터 49일 동안 영혼이 살아생전에 지은 선악의 업보業報에 따른 영적 청산 과정을 거치는 내용을 담고 있다.

하나뿐인 귀한 아들을 불의의 사고로 잃은 어머니가 찾아온 적이 있다. 아들은 미국의 명문 대학을 졸업한 전도유망한 청년이었다. 전생 리딩은 이러했다.

그녀는 조선시대에 어느 양갓집의 딸로 태어났다. 성인이 되어 명문가

---

* 티베트 불교에서 죽음과 환생 사이의 중간 상태를 의미하는 말이다. 이 개념은 사람이 죽은 후, 다음 생으로 다시 태어나기 전까지의 일시적인 상태를 설명하는 데 사용된다.

의 맏며느리로 시집갔으나, 자손이 귀했던 시댁에서 아들을 낳지 못하고 계속 딸들만 낳게 되자 네 번째로 태어난 딸이 죽었다고 거짓 소문을 퍼뜨렸다. 그리고 어느 날 새벽, 동이 트기 전에 그 딸을 산 너머 절에 몰래 버렸다. 버림받은 딸은 후에 비구니가 되었으나, 타고난 병약함과 자신이 버려졌다는 상실감과 배신감을 극복하지 못하고 젊은 나이에 죽고 말았다. 모진 마음으로 딸을 버렸던 어머니는 그 딸이 살아생전 수행하던 절을 찾아가 참회의 기도를 많이 올렸다. 리딩에 따르면, 그 딸이 현생에서 먼저 세상을 떠난 아들의 전생이라고 한다. 현생에서 아들의 죽음은 전생의 딸이 내생에 세운 영적 계획의 일부라고 리딩은 말했다.

전생에서 어머니에게 버려졌던 딸은 현생에서 어머니의 아들로 태어나, 그때 받지 못했던 사랑을 모두 받았다. 그러나 예정된 죽음(계획된 영적 프로그램)에 따라 아들(전생의 딸)은 다시 어머니를 버렸다. 아들의 죽음으로 홀로 남겨진 어머니는 평생 치유될 수 없는 처절한 외로움과 상실감, 깊은 상처를 겪게 되었다. 카르마의 법칙은 징벌이나 단죄가 목적이 아니다. 그 법칙은 서로의 경험을 통해 가해자와 피해자의 역할을 맞바꾸어서 이를 통해 각자의 영적 균형을 맞추는 데 그 목적이 있다. 그때 버림받고 죽었던 딸의 영혼은 현생에서 아들로 태어나 전생에 자신이 경험했던 고통을 어머니에게 되돌려준 것이다. 그렇게 자신이 경험했던 영적 상처를 어머니에게 돌려줌으로써, 그의 영혼이 가지고 있었던 영적 트라우마를 치유받을 수 있었다. 리딩을 통해 본 아들의 영혼은 영계에서 비교적 차분하고 편안해 보였으며, 지구에 다시 환생해 더 높은 차원으로 나아가기 위한 공부를 준비 중인 것으로 보였다.

또 다른 사례로, 수백억 원의 자산을 가진 아버지가 갑자기 사망하자 재산 상속 문제로 가족 간 불화가 깊어진 한 여성의 리딩이다.

그녀 아버지의 영혼은 지상에 남겨둔 재산과 소유물에 대한 집착과 미련 때문에 자신이 이미 죽었다는 사실을 인식하지 못한 채, 살아생전 거주했던 주변을 떠나지 못하고 배회하고 있었다. 영적인 상태에서 본 영혼은 자신이 이미 중음계에 있다는 사실을 깨닫지 못하고 방황했다. 그러면서 가족이나 평소에 알고 지내던 사람들이 자신에게 주의를 기울이지 않는 것에 대해 크게 분노했다. 그 영혼은 이렇게 말했다. "이곳은 어디입니까? 내 아내나 자식들은 내가 부르는데도 왜 대답하지 않고, 서로 싸우고 다투며 분노하고 있습니까? 왜 내가 불러도 아무도 대답하지 않나요?"

이처럼 애착과 집착이 영혼의 의식을 가로막아, 자신의 죽음을 받아들이지 못하게 된 결과로 분노가 발생한 것이다. 이러한 욕망은 우리가 경계해야 할 마음이다. 이를 설명하기 위해 어린 시절의 소꿉놀이를 예로 들 수 있다. 땅따먹기 놀이는 땅에 사각형의 선을 그려놓고 동그랗게 생긴 작은 돌을 손가락으로 튕겨, 그 돌이 닿은 만큼의 공간을 차지하는 놀이다. 그렇게 놀다가 저녁이 되어 엄마가 집에 돌아오라고 부르면 놀이는 끝나고 아이들은 각자의 집으로 돌아간다. 이 놀이를 세상의 부나 재산의 가치로 표현한다면, 죽음이 다가와 우리의 인생 놀이가 끝날 때, 그동안 우리가 차지했던 '땅'은 아무 미련 없이 놓아두고 집으로 돌아가는 것이 맞다. 그러나 한 아이가 자기가 차지한 땅이 아까워서 어둠이 깔린 놀이판을 떠나지 못하고 망설인다면, 그 모습이 얼마나 어리석고 미련한 것인지 우리는 쉽게 알 수 있다.

리딩은 만약 지금의 상태가 길어지면 아버지의 영혼은 살아생전에 남긴 세속적 욕망 때문에 영계의 정상적인 단계를 벗어날 수 있다고 경고했다. 자신이 죽었음을 알지 못하고, 살아 있는 가족들의 에너지를 통해 계속 물질계에 남아 있으려 하기 때문이다. 쉽게 말해 귀신이 될 수 있다는 것이다. 귀신이란 죽음 후에 끊어야 할 집착과 미련을 남긴 채 윤회를 위한 다음 단계로 넘어가지 못한 상태를 말한다. 결국 환생이 불가능해진다. 이런 혼란 속에 있는 영혼에게는 천도재나 종교적 기도를 통해 생전의 의식과 말나식을 지워주는 것이 필요하다. 그 영혼이 빨리 안식에 들 수 있도록 돕는 것이다. '당신은 죽었으니 이제 다른 차원의 세계로 가야 한다'고 일깨워주어야 한다.

나는 수많은 리딩을 통해 영혼이 이 세상에 거듭 태어나는 이유를 깨닫고 있다. 바로, 우리의 영혼은 원래 지니고 있던 신성을 되찾는 여정을 하고 있는 것이다. 비록 전생의 영향으로 지금 생에서 바른 삶을 살지 못했다 해도, 지금부터라도 그 신성을 회복하려는 노력을 시작해야 한다. 아직 늦지 않았다.

이 지점에서 한 가지 짚고 넘어가야 할 조심스러운 부분이 있다. 평상시 깨어 있는 우리의 의식은 여러 의식 중 하나일 뿐이고, 다른 의식들은 얇은 에테르층의 장막에 가려 분리되어 있다. 대부분의 사람에게는 이러한 세계가 꿈을 꿀 때를 제외하면 매우 낯설다. 그러나 그 '영의 세계'•는 언제나 존재한다. 영적으로 어느 정도 깨달음에 이른 소수의 사람은 자신의 자발적 의지로 4차원인 심령계의 일부분을 경험할 수 있다. 그들은 선禪이나 명상 수행 중에 전오식과 연결된 의식을 분리시키면서 얻게 되는 영적 공간에 다가갈 수가 있다. 이것은 영혼의 일부 분리에 불과하며 영혼 전체가 떠나는 죽음과는 크게 다르다. 이러한 영적 현상을 '무아지경無我之境'에 빠졌다거나 '의식의 자기 망각 상태 분리'라고 할 수 있지만, 영혼의 외출은 아니다. 그러나 우리 인간은 다차원적 세계로 나아가는 데는 어쩔 수 없는 한계가 있다. 물질이라는 육체를 가지고 있기 때문이다.

그러나 아무리 뛰어난 명상가라도 깨어 있는 의식 상태에서 영

• 여기서 말하는 영의 세계는 단계적으로 나뉘어 있다. 심령계인 4차원의 영계와, 5차원인 천상계를 말한다.

적 공간이나, 더 나아가 영혼이 머무는 죽음의 공간을 따라가서는 안 된다. 영계의 차원을 관찰하는 것은 대단히 위험하다. 이는 극도로 조심스럽고 제한된 차원에서만 허용되는 매우 어려운 영적 작업이다. 그 이유는 서로 공유할 수 있는 차원이 다르기 때문이다. 그렇기 때문에 생명적 에너지인 물질계와 연결된 의식을 가진 사람이 비물질계인 심령적 영역에 들어가는 것은 엄격히 금기해야 할 문제이다. 그러나 내가 하는 전생 리딩은 무아지경이나 의식의 망각 상태가 아닌 깨어 있는 현재 의식 상태에서 그런 차원에서 얻을 수 있는 정보들을 보고 말한다.

영계에서 일어나는 현상들을 현재의 언어로 표현하는 데는 한계가 있지만, 비유하자면 일반인의 출입이 엄격히 통제되는 일급 군사 보호시설을 예로 들 수 있다. 그곳에는 침입자에게 언제든지 발포할 준비가 된 경비병들이 삼엄한 경비를 서고 있다. 그런 곳의 울타리나 담을 넘는 것은 생명을 담보로 하는 매우 위험한 일이다. 영적인 차원에서도 이와 같은 위기와 위험이 존재한다. 자칫 잘못하면 악령의 침범을 받을 수 있기 때문이다. 악령의 인질이 되면 그 악의 세계에서 벗어나는 것은 매우 어렵다. 조로아스터교의 이신론적 교리를 들지 않더라도, 지금의 세계는 선과 악이 서로 투쟁하는 전쟁터이며, 결국 선이 승리하겠지만 악의 세계는 분명히 존재한다.

영국 철학자 데이비드 흄David Hume(1711~1776)은 신의 영역

물질적인 육체를 지닌 인간이 물질계를 벗어나는 첫걸음은,
이 세상의 모든 외형적 구성체가 환상에 불과하다는 것을 깨닫는 것입니다.

에 대해 이렇게 정의했다. "신은 전지전능하지만 악은 존재한다." 이는 종교적이든 사회적·윤리적이든 고대부터 악이 명확히 존재한다고 명시되어 왔음을 의미한다. 영국 심령연구학회Society for Psychical Research, SPR의 창립 멤버인 프레데릭 마이어스Frederic Myers(1843~1901) 목사는 여러 영매자들과 교류하면서, 일정 단계를 이수한 존재들이 의식 단계를 점차 높은 차원으로 옮길 수 있다고 말했다. 그들은 물질적 형태를 벗어나 시공을 초월한 차원에 들어가 결국 신과 합일하는 경지에 이른다고 한다.

여기서 신과의 합일이나, 초자연적인 공간인 천상의 세계까지 운운하는 것은 사람에 따라 참으로 황당하게 들릴지도 모른다. 그러나 인간에 신의 영혼이 함께 깃들어 있다고 믿는 사람들이 있다. 그들은 인간이 신과 함께 성장하는 존재라고 믿는다. 창조론을 전제로 한다면, 하나님이 잠든 아담의 갈비뼈를 취해 여자를 만들었다. 창조주가 무기질인 뼈를 사용해 여자를 창조하고 인간을 진화시켰다는 것이다. 이런 사실을 고려하면, 인간이 내면에 숨어 있는 신성神聖과 함께한다는 이야기는 전혀 불가능한 말이 아니다. 그 이야기를 비약해서 만약 인간 내부에 신의 영혼이 함께 깃들어 있다면, 인간의 진화는 그 범위를 훨씬 넘어설 수 있을 것이다.

현생에서의 인간은 진화의 과정에서 매우 미묘한 단계에 서 있는 듯하다. 여기서 '미묘한 단계'란 지금의 우리가 4차원의 세계

(심령계)로 나아가야 하는데, 거대한 물질문명의 파도가 우리의 영혼이 나아가야 할 진정성을 욕망과 집착으로 만들고 한없이 침몰시켜서 계속 3차원의 세계에 가두어버리는 상황을 의미한다.

물질적인 육체를 지닌 인간이 물질계를 벗어나는 첫걸음은 이 세상의 모든 외형적 구성체가 환상에 불과하다는 것을 깨닫는 것이다. 죽어서 다시 태어나는 것은 미완성이 완성을 향해 나아가는 것을 의미한다. 현대 인도의 스승인 스리 오로빈도Sri Aurobindo는 이런 말을 남겼다.

"영혼은 인간이라는 공식에 얽매이지 않는다. 영혼은 인간과 더불어 시작된 것이 아니며 인간과 더불어 끝나는 것도 아니다. 영혼에게는 인간이라는 존재보다 앞선 과거가 있으며, 또한 인간을 초월하는 미래가 있다."

13

영혼은 어떤 과정을 통해 다시 환생합니까?

영혼의 49일간 여행을
따라가보았습니다

우리나라 절(사찰)에서는 사람이 죽은 후 49일 동안은 저승이라는 온전한 영계로 가지 못하고 이승에 머문다고 하여, 그런 영혼들을 안내하고 인도하는 천도의식을 행한다. 여기서 49일은 한 사람의 모든 식識이 그 잔상을 거두는 데 걸리는 시간이다. 죽음 직후 영혼은 자신의 죽은 육체를 보고, 가족이나 친구들이 슬퍼하며 통곡하는 소리를 듣게 된다. 그렇기 때문에 임종 직전의 상태이거나 이미 사망한 상태의 자리에서는 통곡하는 소리나 말을 조심해야 한다. 자신의 죽음을 아직 인식하지 못한 영혼이 그런 장면 앞에서 크게 당황하기 때문이다. 이는 영혼이 허공에 떠서 자신의 몸을 내려다보았다는 임사체험자들의 경험담과도 일치한다.

죽음의 순간에 영혼은 가장 먼저 지고至高의 평안함을 만나고, 원래 자신이 가지고 있던 본성의 빛을 마주한다고 한다. 흔히들 임사체험을 경험했던 사람들이 보고 느꼈다는 '어둠 속의 평화', '터널을 통과한 후 만난다는 지복至福의 밝은 빛', '경계가 없는 투명한 진공 속에 있는 듯한 느낌' 등과 같은 경험을 말한다.

그러나 살아생전에 큰 사회적 악행이나 살인 같은 부정적인 일을 저지른 오염된 영혼들은, 자신의 영혼을 정화해주는 원래의 청정한 본성의 밝은 빛 앞에서 엄청난 두려움과 공포를 느낀다. 그래서 음지로 숨어버리거나, 혹은 그 빛에 삼켜진다고 한다. 그 장면은 1990년 영화 〈사랑과 영혼〉에서 악인이 죽는 순간, 괴상한 소음과 함께 낄낄대며 웃는 검은 그림자의 무리에게 끌려가는 장면과 유사하다. 일본의 어떤 지방에서는 사람이 죽으면 시체 위에 날카로운 칼을 올려놓는데, 이는 악귀가 시체의 내장을 쪼아 먹지 못하게 하기 위한 퇴마의식이라고 한다.

사람이 사망하고 난 후 7일 동안 가장 먼저 소멸되는 것은 안식眼識이다. 이는 생전에 눈으로 본 모든 장면을 지우는 시간이다. 그다음 7일 동안은 귀로 들은 모든 것인 이식耳識이 사라지고, 이어서 코로 냄새를 맡았던 비식鼻識, 입으로 말하고 맛본 설식舌識, 몸으로 경험한 신식身識이 차례로 사라진다. 그래서 전오식의 잔상들이 모두 소멸되는 데는 '35일(=5×7)'이 걸린다. 이후 7일이 지나면 제6식인 의식意識의 촛불이 꺼지게 되고, 마지막으로 7식인 말나식이 소멸되고 나면, 마침내 비로소 한 인간의 생명 흔적이 이 세계에서 완전히 사라진다.

죽음 이후 49일 동안 일어나는 일들을 크게 세 단계로 나눠 자세히 살펴보면 다음과 같다.

첫 번째 단계: 죽음 직후

죽음 직전까지 느꼈던 두려움과 고통에 대한 의식의 분리가 일어나지 않은 영혼은 그 감정에서 빠져나오지 못하고 자신이 죽었다는 사실을 인식하지 못한 채 방황한다. 이들은 가족이나 친구들의 울음소리를 듣고 당황하며 혼란스러워한다. 시간에 대한 분별력이 사라진 영혼들은 자신의 죽음을 명확히 인지하지 못해, 오랜 기간(대략 20년에서 70년 정도) 저승으로 떠나지 못하고, 그들만이 머무는 이승과 저승의 중간인 중음계에서 머문다. 사자死者가 꿈에서 자주 나타나는 것은, 그 영혼이 아직 완전하게 저승으로 가지 못했을 때 나타나는 현상 중 하나라고 할 수 있다. 반면에, 생전에 선하게 살았던 영혼은 육체를 벗어나면서부터 의식이 명료해지면서, 자신이 다른 차원에 있다는 사실을 받아들여 편안한 상태에 머물게 된다.

두 번째 단계: 선과 악의 심판

이 단계에서는 영혼이 전생에 지은 모든 선행과 악행의 장면들이 나타나고, 그에 따르는 청정한 빛과 어둠의 길목에 서게 된다. 이 과정에서 영혼은 '평화의 신'과 '분노의 신'을 만나게 된다.

평화의 신을 만난 영혼들은 보호령과 수호령의 안내를 받아, 먼저 영계에 와 있는 사랑하는 가족과 친구들을 만나 기쁨과 행복을 느낀다. 일부 영혼은 이곳에 계속 머물기를 원하기도 한다. 또 다른 영혼들은 지도령의 가르침에 따라, 다음 단계인 청정한 빛으로 가득한 천국으로 넘어가기 위한 준비를 한다.

그러나 분노의 신을 만나는 영혼들은 그들의 사악하고 무자비한 공격을 받으며, 엄청난 고통이 기다리고 있는 암흑의 함정에 갇힌다. 암흑의 함정은 지옥으로 연결되어 있으며, 생전에 지은 죄업의 투영投影에 의해 만들어진 사후의 꿈이다. 이곳에서 영혼은 자신이 다른 사람에게 가한 고통과 슬픔을 되돌려받는다. 영혼이 지닌 업의 질량은 각기 다르게 작용하고 적용되는데, 최악의 경우에는 지옥보다도 낮은 단계(영혼이 소멸하는 단계)로 추락하는 비참한 운명을 맞이하는 영혼도 있다.

세 번째 단계: 천국으로의 귀환 또는 환생

평화의 신을 만난 영혼들 중 일부는 고향별(천국)로 돌아가게 된다. 그러나 더 많은 공부를 하기 위해 다시 지상의 삶을 선택하는 영혼들도 있다. 이들은 높은 차원의 천상 프로그램에 따라 지도령의 안내를 받아 자신이 태어날 부모를 선택한다. 영혼이 지상에 다시 태어날 시간이 다가오면, 영혼은 자신의 부모를 보고 알게 된다. 그러나 영혼이 육신의 옷을 입고 태어날 때, 의식은 망각 속에 잠기고 무의식의 심층에 묻혀버린다.

티베트 불교의 대가 파드마삼바바가 쓴 경전《티베트 사자의

서》는 이렇게 말한다.

"인간은 생각하는 대로 존재한다. 이승이든 내생來生이든 생각은 사물이 되고, 또 선하든 악하든 모든 행동의 근원이 된다. 그대는 씨를 뿌린 대로 거둘 것이다."

삶은 선善과 악惡의 합성물이다. 전생에 착하고 정직하게 살았다면 죽어서 천국이 보일 것이고, 만약 전생에 악하고 부끄럽게 살았다면 지옥이 나타날 것이다.

고대의 미스테리아에서는 영혼이 여러 생을 거듭하며 영적인 깨달음, 즉 그노시스를 얻는 과정을 반복한다고 믿었다. 고대 철학자 플루타르코스에 따르면, 계몽되지 않은 영혼은 카르마의 힘 때문에 계속해서 환생한다고 했다. 그는 이렇게 말했다.

"우리는 영혼이 파괴되지 않는다는 것을 안다. 영혼이 육체를 입는 것은 마치 새가 새장 속에 들어가는 것과 같다. 영혼이 육체 속에 오래 머물며 이번 생에 익숙해지면, 인연과 오랜 습성 때문에 거듭해서 다시 태어나 육체로 돌아오게 되고, 세속적 욕망과 인연을 끊어버리지도 떨쳐버리지도 못하게 된다."

플라톤은 환생할 때 필요한 육체를 일종의 감옥으로 보았다. 그는 또한 환생을 '차꼬(족쇄)'를 차는 것에 비유하며, "영혼은 자신이 지은 죗값을 모두 치를 때까지 벌을 받는다"고 가르쳤다고 한다.

석가모니는 이 지상의 삶에 대한 집착이 인간을 윤회의 쳇바퀴에 가두어버린다고 강조한다. 집착과 욕망을 버리는 것만이 윤회의 사슬에서 벗어나는 길이라고 가르치면서 그는 제자들에게 이렇게 말했다.

"집착이 있기 때문에 타락이 있다. 집착이 없으면 타락이 오지 않는다. 타락이 오지 않는 곳에 평온이 있으며, 평온이 있는 곳에는 욕망이 없다. 욕망이 없는 곳에 오고 감이 없으며, 오고 감이 없는 곳에는 태어나고 죽는 일이 없다. 태어나고 죽는 일이 없는 곳에는 이 세상도 없고 저세상도 없으며 그 중간 세상도 없으니 이것이 비극의 끝이다."

14

삶을 버린 영혼은 어떤 고통과 깨달음을 얻습니까?

자살한 영혼들과 그들의 카르마를 보았습니다

은행에서 수백억 원을 횡령한 후 자살한 사람들의 기사를 가끔 보게 된다. 그들의 영혼은 현생의 공간을 떠난 후 어떻게 될까? 그는 자신이 얼마나 어리석은 삶을 살았는지 깨닫고 비참함을 느낀다. 더 이상 도망갈 곳도 숨을 곳도 없다는 사실을 알게 되지만, 여전히 자신의 운명을 피할 방법은 모른다. 그는 잘못된 이기심으로 인해 인생이라는 소중한 기회를 놓쳤다. 자신이 저지른 죄 많은 삶을 깊이 반성하고 참회하지 않는 한, 그는 그 고립된 상태에서 오랜 시간 동안 어두운 공간에 머무르게 된다. 자살자의 영혼은 어둠 속을 방황하다가, 죽을 때보다 더 무거운 영적 숙제를 안고 다시 태어난다. 임종 당시에 처해 있던 환경과 기억을 고스란히 지닌 채로 말이다.

만약 자살로 자신과 연관된 세상의 모든 문제가 해결될 수 있다면, 자살은 신이 우리에게 준 엄청난 기회이자 선물이 될 것이다. 그 선택과 결정으로 모든 문제에서 벗어나 자유로울 수 있고 또한 새로 시작할 수 있기 때문이다. 자살한 사람들은 자신의 영혼이 파괴되어 그에 따른 책임과 의무가 사라진다고 생각할 수 있다. 자살을 통해 모든 행위(카르마)에 대한 면책을 받았다고 여길 수도 있다.

그러나 이런 생각은 우주의 섭리와 법칙에 반하는 오산이다. 자살로 육체는 사라지지만 영혼은 그대로 남아 있다. 그들의 영혼은 파괴되지 않기 때문에, 그들이 지닌 카르마는 살아생전보다 훨씬 더 심각해진다. 현생에서의 문제가 해결되지 않았기 때문에, 다음 생에 그 문제가 가중되어 더 불행한 삶을 살아갈 수 있다. 그 영혼은 자신의 잘못된 행위에 대한 비겁함과 부끄러움 때문에 끊임없이 괴로워한다. 살아생전에 카르마를 해결하지 못했다는 자신에 대한 분노 속에서 고통받게 된다.

극단적인 선택(자살)을 한 아들을 둔 아버지의 전생 리딩을 한 적이 있다. 아버지는 아들의 자살이 자신이 평소에 아들을 잘 돌보지 못한 탓이라고 자책했다. 특히 자신이 성장기에 부모로부터 받은 폭언과 폭행으로 생긴 트라우마를 아들에게 되풀이한 것을 후회하고 있었다. 아버지는 아들이 왜 그런 선택을 했는지, 그리고 그 영혼이 지금 어디에 있는지를 궁금해했다.

현생의 부자지간의 인연은 고려시대 무신정변이 일어났을 때의 생에서 나타났다. 현생의 아들은 그때 무신의 실세로, 문신이었던 지금의 아버지를 척살刺殺했던 적이 있었다. 이 인연의 고리를 따라 현생에서는 아버지의 자식으로 태어나게 되었다. 아들은 어린 시절부터 고통스러운 성장과정을 겪으며 정신적·육체적으로 점점 쇠약해졌고, 결국 카르마의 시간이 극적으로 작용하자 척살의 업보를 청산하기 위해 자살을 선택했다고 리딩은 설명했다.

리딩을 통해 아들의 영혼을 따라가보니, 그의 영혼은 저승으로 가지 못하고 산속 폐가의 창고 안에 숨어 있었다. 자신을 찾아온 나의 시선을 느끼자 '왜 이곳까지 찾아와 자신을 괴롭게 하느냐'며 두렵고 원망이 가득한 표정을 지었다. 아들은 자살로 아버지와의 부자 관계를 완전히 끊었다고 생각했지만, 아버지의 집착으로 자신을 찾아온 나를 보고 당황하며 불쾌한 내색을 드러냈다. 내가 설득할 시간도 없이 아들의 영혼은 더 깊은 어둠 속으로 사라져버렸다.

아들의 영혼은 과거 생의 카르마를 청산하기 위해 죽었지만, 자살은 카르마의 법칙에 반하는 행동이다. 카르마의 법칙은 징벌이 아니라 더 나은 선택을 통해 지금의 난제를 해결할 답을 얻는 기회를 주는 것이다. 현생에서 아들은 자신이 전생에서 지은 카르마를 청산하고 정화하기 위해, 그때 자신이 죽인 사람을 아버지로 선택해서 태어났다. 그리고 불행하고 힘든 삶을 살다가 결국 자살을 선택했다. 그러나 자살은 문제의 해결책이 아니라 그 문제를 지연시킬 뿐이다. 자살은 단편적인 지식에 기반해 생명을 끊는 폭력적인 행위이므로, 절대 어떤 문제의 해결책으로 사용되어서는 안 된다.

영계는 육체 상태에서 발생한 문제를 해결하는 곳이 아니라, 문제를 해결할 방법을 배우는 곳이다. 예를 들어, 성급하게 행동했던 영혼은 인내심을 키워야 하는 상황('끝장을 내자' 혹은 '죽어버리자'와 같은 생각이 드는 상황)이 반복되는 시험대 위에서 이를 참고 견디는 법을 배운다. 또한, 자신을 미워했던 영혼은 자신을 사랑할 수 있는 마음을 시험할 수 있는 상황극의 주연이 되어 잃어버린 사랑을 되찾는 용기를 배우게 된다. 이처럼 영계는 영혼이 다시 물질적 육체를 가지고 환생할 때 어떤 추가적인 책임을 떠안게 될지를 배우는 장소이다. 일반적인 영혼은 카르마의 빚을 갚아야 환생의 기회를 얻을 수 있다. 그러나 자살한 영혼은 아주 오랜 시간 어둠 속에 갇혀 환생의 기회가 늦어진다. 그 과정은 길고 고통스럽기 때문에 과거의 잘못을 참회하는 시간이 필요하다. "호미로 막을 것을 가래로 막는다"는 말처럼, 자살로 인해 해결되지 않은 문제는 훨씬 더 큰 고통으로 돌아온다.

자살한 사람의 영혼이 모두 그런 것은 아니지만, 경우에 따라 저승으로 가는 과정에 많은 장애가 따르기도 한다. 자살은 그 자신의 영혼에도 깊은 상처를 남길 뿐이다. 쉽게 표현하면 임종 직전의 공포와 두려움이 트라우마로 남게 되기 때문이다. 육체를 떠나는 순간의 의식이 한층 두려워지고 무거워져서, 그 영혼은 어둠 속에 숨어버리고 싶은 강한 충동을 느끼며 방황하게 된다.

그래서 자살한 영혼은 종종 지박령이 된다. 지박령은 자신이 죽은 장소를 떠나지 못하고 계속해서 그곳을 맴도는 영혼이다. 그 영혼은 자신의 죽음 장소 근처에 있는 큰 나무(수령이 많은)나 큰 바위 같은 곳에 머무른다. 또 다른 표현으로 지박령을 땅에 묶여 있는 영혼이라고도 한다. 그런 불완전한 영혼은 그 장소나 부근에서 길게는 몇백 년 동안 세월을 보내는 경우도 있다. 같은 장소에서 동일한 사고가 반복해서 발생하는 사건을 영적 관점에서 해석하면, 지박령의 소행이라고 말한다. 자살한 영혼은 자신에 대한 두려움(카르마) 때문에 윤회 환생의 기회를 놓쳐서 더 미개한 차원(돌멩이, 자갈, 먼지와 같은)으로 전락할 수 있다.

15

우리의 삶은 왜 이토록 아프고 고통스럽습니까?

카르마의 법칙에 예외란 없습니다

리딩을 통해 살펴본 사례 중에는 현생에서 심각한 병으로 고통받다 사망한 사람들의 이야기가 있다. 이러한 영혼들은 그러한 병의 유전자DNA를 가진 부모를 선택해서 태어난다. 리딩에 따르면, 이러한 질병의 경험은 이 세상에 태어나기 전 스스로 세운 영적 계획의 일부라고 한다. 다시 말해, 투병은 또 다른 형태의 기도와 같은 의미를 지닌다. 난치병이나 불치병을 앓는 사람들은 오로지 질병에서 회복되기를 간절히 바라며 하루하루를 살아간다. 그 기도가 자의든 타의든 상관없이 말이다. 자신에게 서서히 다가오는 죽음의 그림자에 떨며 올리는 그 간절한 기도•가 이 세상에 또 있

• '갓바위 돌부처(경산 팔공산 관봉 석조여래좌상)'가 치병治病에 영험하다고 소문이 나서 많은 사람이 찾아가 가족이나 자신의 병에 도움을 받기 위해 기도를 한다. 기도는 한 영혼이 하는 염念이고 원願이다. 염원은 자기를 둘러싸고 있는 영혼의 집단에 영향을 주고, 그 강력한 반향이 자신을 변화시키는 결과를 불러올 수 있다. 수많은 사람이 돌부처 앞에서 간절하게 기도하고 염원해서, 그 진동과 파동의 입자들이 돌부처 주위에 형성되어 특유의 치병 에너지를 갖게 된 것 아닐까? 돌부처의 위신력威神力보다 수많은 사람이 돌부처를 향해 염원하는 간절한 기도의 에너지 덕분이 아닐까 하는 이야기다.

을까?

리딩에 따르면, 심각한 질병은 카르마의 변형된 모습이다. 심각한 질병이 발생하는 시점과 카르마의 간섭이 시작되는 시기가 같다는 것이다. 즉, 현생에서 경험하는 악성 질병은 그 사람이 전생에 지은 부적절한 카르마와 무관하지 않다. 악성 질병의 원인 중 많은 경우가 유전자의 돌연변이로 시작된다. 이러한 현상들은 특정 카르마를 정화하기 위해 영혼이 이 세상에 태어나기 전 세운 영적 계획과의 약속일 수 있다고 리딩은 거듭 말한다.

가난한 집에서 태어나 어린 시절부터 온갖 고생을 겪고, 결혼을 한 뒤에도 평생 시댁 식구들을 위해 헌신한 어머니를 둔 내담자가 있었다. 결국 온몸에 골병이 들어 돌아가신 어머니에 대한 그리움 때문에 그 집의 막내딸이 어머니의 사후 영혼에 대해 물었다. 어머니의 전생 리딩에서 나타난 여러 생의 장면들은 다음과 같았다.

어머니는 로마시대에 대단히 부유한 귀족이었다. 전쟁에 군자금을 많이 투자하여 정복지에서 얻은 많은 전리품을 소유할 수 있었는데, 그 전리품에는 수많은 노예도 포함되어 있었다. 그리고 또 다른 전생에서는 십자군 전쟁 시기, 전쟁에 나가는 병사들에게 기도를 해주던 신부였다. 그 기도는 병사들이 무사히 집으로 돌아오기를 비는 축복의 기도였으나, 그 이면에는 적군을 많이 죽이라는 살생의 뜻도 담겨 있었다. 그리고 또 다른 전생에서는 중국 원나라 때 황제의 후궁이었다. 당시 그녀는 자신의 세력과 경쟁하는 후궁들이나 그들을 지원하는 세력을 견제하기 위해 권모술수를 많이 사용했다. 이러한 여러 생에서의 부적절한 카르마가 현생의 삶에 많은 영향을 미쳤다.

리딩으로 살펴본 어머니 영혼은 편안하고 안정되어 보였다. 현생의 삶이 고단하고 불행해서, 병들어 고통받았던 사람들의 영혼에는 대체로 공통되는 점이 있다. 질병, 특히 난치병이나 불치병은 자신이 지은 부적절한 카르마를 청산하고 영적 계획을 실현하는 탁월한 방법으로 작용한다는 것이다. 예를 들어, 암으로 특정 신체 부위의 환부를 절제한 사람들이 있다면, 그 암세포가 자신이 지은 카르마의 덩어리였다고 생각하며 위안을 얻을 수 있다. 다행히 수술이 성공적으로 끝나 암을 이겨낸 사람들은 그 과정에서 많은 카르마를 정화하고 청산했다고 볼 수 있다. 반대로 악성 암세포로 사망에 이른 사람들도, 그 지독한 질병의 경험을 통해 부적절한 카르마를 많이 정화했다고 할 수 있다. 말기신부전 환자가 혈액투석을 통해 '피 씻김'의 청소를 하는 것 역시 나쁜 카르마를 씻어내는 방법의 일환일 수 있다.

평생 질병으로 인한 고통 속에서 살다 사망한 사람들의 영혼을 보면, 자신이 앓았던 그 질병을 통해 많은 카르마를 정화하여 본래 영혼의 청정함을 되찾는다. 그래서 홀가분함과 즐거움을 느끼며 영계에서 머문다고 리딩은 말한다. 그들은 아름다운 분수가 솟아오르고 꽃이 만개한 정원을 거닐며, 앞서 죽은 조상이나 그리운 부모 형제를 다시 만나 행복해한다. 어떤 영혼들은 새로 온 영혼들이 영계에 적응하도록 돕기도 하고, 또 다른 영혼들은 어머니 없이 혼자 온 아기 영혼들을 돌보고 위로해준다.

전생에 남을 괴롭히는 일을 많이 했다고 리딩이 지적한 여성이 있었다. 그녀는 현생에서 알코올중독자인 남편 때문에 평생을 폭언과 폭력 속에서 무기력하게 살며 고통을 받았다고 했다. 하나뿐인 아들 또한 게임 도박에 빠져 신용불량자가 되었다.

그녀는 스페인에서 무역상으로 살던 시절, 아프리카 원주민 서너 명을 유혹하여 그의 동료들을 잡아오게 했다. 그렇게 원주민들 간에 의심과 불신을 퍼뜨렸고, 잡혀온 사람들은 아무것도 모른 채 노예가 되어 불행의 늪으로 빠져들었다. 그녀가 나쁜 인간들과 작당을 하여 파놓은 함정으로 인해 원주민들은 가족을 잃었고, 그들의 집과 삶은 처절하게 파괴되었다. 또 다른 생에서는 조선 중기, 어느 대감의 얼자孽子로 태어나 집안의 이해관계와 연루된 부정적인 일을 도맡아 하며 신분 상승을 꿈꾸었다. 그 과정에서 많은 악행을 저질렀다. 리딩에 따르면, 전생에서 지금의 남편은 그녀가 스페인에서 노예무역을 할 때 동족을 속여 이익을 챙겼던 하수인이었고, 지금의 아들은 조선시대 때 그녀의 부적절한 일을 도왔던 머슴이었다.

현생에서 남편과 아들이 저지른 잘못된 행위는 그녀를 더욱 외롭고 무기력하게 만들고 있지만, 리딩은 오히려 이 가족의 인연들이 전생의 카르마 청산을 돕는 영적 도우미 역할을 한다고 말했다. 현재 그녀는 새벽에 첫 버스를 타고 출근해 빌딩 화장실을 청소하고, 점심에는 식당에서 접시를 닦으며, 저녁에는 술집 주방에서 일하는 세 가지 직업을 가졌다고 했다.

이에 대해 리딩은 그녀에게 매일 세 번 가야 하는 그 장소들을 이렇게 생각해보라고 조언했다. "새벽에는 교회에 가서 기도하고, 점심에는 절에 가서 참배하며, 저녁에는 성당에 가서 성모님을 만난다고 생각하라." 원효대사가 해골에 담긴 물을 마시고 깨달음을 얻었던 일체유심조一切唯心造의 가르침처럼, 모든 일의 의미를 그런 마음으로 받아들이고 최선을 다하라는 것이다.

리딩은 또한, 그녀가 이러한 마음으로 자신의 일을 받아들이고 최선을 다한다면, 그것이 현생에서 자신의 카르마를 갚는 지름길이 될 수 있다고 말한다. 현생의 고단한 일이 영적 정화를 위한 과정이라면, 그 일은 교회나 성당, 절에서 기도하는 것 이상의 가치와 의미를 지닌다. 만약 그녀가 이 논리를 이해하고 받아들일 수 있다면, 이 조언은 그녀에게 가장 합리적이고 위로가 되는 말이 될 것이다.

또 다른 사례에서는, 어느 어머니가 딸이 평생을 영적 문제(빙의 등)로 고통받으며 정신병원을 들락거린다고 했다. 어머니는 딸의 사진을 가져와 전생 리딩을 의뢰했다.

딸은 전생에 아즈텍 제국에서 가장 높은 지위의 신관으로 살았다. 당시 그녀는 자신의 지위와 명예를 지키기 위해 수많은 인신 공양을 올렸으며, 그 과정에서 억울하게 희생당한 영혼들이 많았다. 또 다른 생에서는 독일의 수녀로 태어나 성당에 갓 입소한 수습 수녀들을 가르치는 교육 책임자였다. 그러나 가난한 출신의 수녀들을 꼬드겨 귀족이나 부유층의 첩으로 돈을 받고 거래하는 잘못을 저질렀다. 일본 전국시대의 생에서는 흑마술을 사용하는 신관 출신의 닌자로 활동하기도 했다. 리딩은 그녀가 전생에서 남긴 부정적인 카르마가 현생에서 혼란스러운 영적 문제를 야기하고 있다고 설명했다. 그녀는 평생 영적 문제로 고통받겠지만, 이를 통해 부정적인 카르마를 어느 정도 해소할 수 있을 것이라고 했다.

자신의 이익을 위해 남을 괴롭히고 불행하게 만든 자는 반드시 그에 상응하는 죗값을 치르게 된다. 세상의 법망을 운 좋게 피해 갈 수 있을지 몰라도, 카르마의 법칙에서는 예외가 없다. 노자의 《도덕경》에서는 "천망회회天網恢恢 소이불루疎而不漏"라는 말이 있다. 하늘의 그물은 매우 넓어서 엉성해 보이지만, 결코 빠뜨리지 않고 악한 자를 걸러낸다는 말이다.

정말 이 세상이 싫어서 빨리 죽고 싶다고 절규하듯이 고함지르는 사람들도 많다. 그런 마음으로는 지금 맞닥뜨린 문제를 절대 해결할 수 없다. 정신적으로, 경제적으로, 또는 육체적으로 현재의 삶이 너무나 고단하여 살기 싫은 사람일수록 이 위기를 어떻게 잘

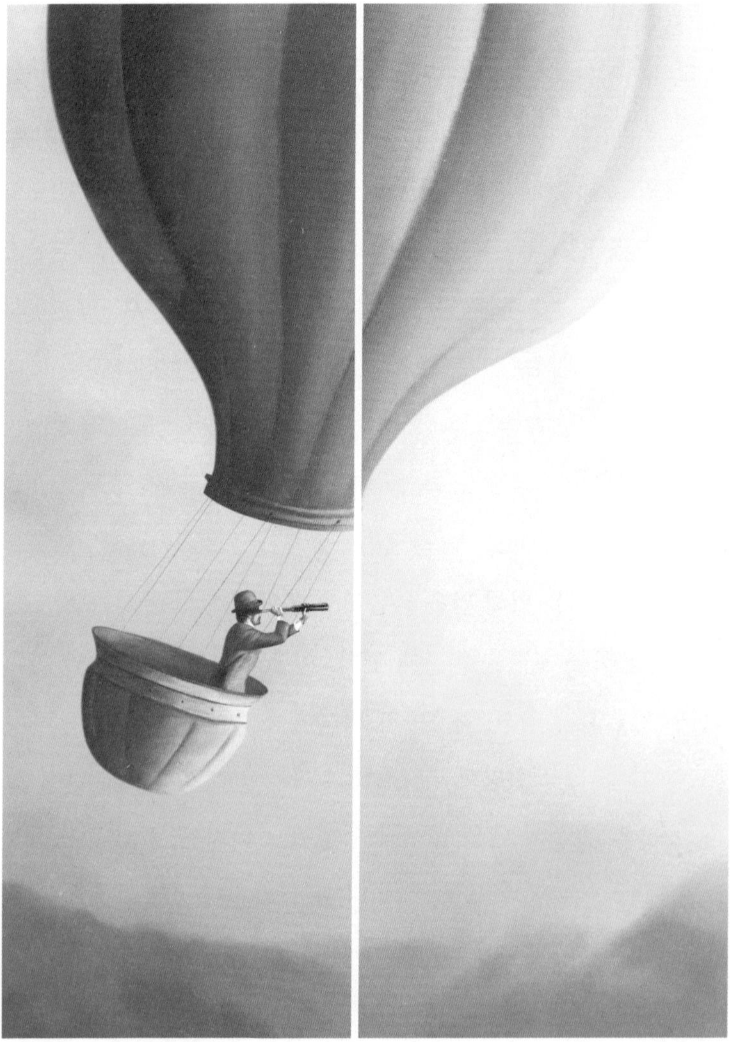

세상의 법망은 운 좋게 피할 수 있을지 몰라도,
카르마의 법칙에서는 예외가 없습니다.

이겨내고 벗어날 수 있는지 좋은 답을 찾기 위해 노력해야 한다.

인간은 반드시 죽음의 단계를 거쳐야만 자신이 지은 카르마의 거울 앞에 서서 과거에 행했던 모든 모습을 마주할 수 있다. 그 형태는 우리 육체의 눈으로 볼 수 없고 알 수 없는, 비물질 세계의 정묘하고 신비로운 법칙으로 짜여 있다. 그곳에서 우리는 지난 시간 속에서의 사건과 일들이 왜 그렇게 전개되었는지에 대한 이유와 답을 찾을 수 있다. 그렇게 하여 자신의 삶에서 견디기 힘들었던 불행이나 고통이 사실은 스스로 지은 부적절한 카르마를 해결하는 도구로 작용했다는 사실을 깨닫게 된다. 이처럼 고통스럽고 지옥 같은 경험을 통해 카르마의 빚을 모두 청산한 영혼은 천상의 공간에서 행복하고 평안하게 지낼 수 있으며, 만약 다시 환생하기를 원한다면 좋은 부모와 환경을 선택할 자격을 얻게 된다.

내가 학생일 때 큰 감동을 받았던 영화의 한 장면이 떠오른다. 그 영화는 예수의 일대기를 다룬 것이었다. 예수의 설교를 듣기 위해 많은 사람이 들판의 언덕길을 지나가는데, 그 아래 골목에서 한 장님이 군중에게 이렇게 외치고 있었다. “나에게 은화 한 닢을 동냥하면, 다음에 금화 한 닢으로 돌려받을 수 있다!” 그 소리에 사람들은 무심히 지나갔지만, 들판의 풀숲을 스치는 바람은 미소를 지으며 장님의 머릿결을 흔들고 지나갔다.

우리가 만약 어떤 시련에 빠져 있다면, 그 어려움을 이겨내는 것도 복을 짓는 한 방법이 될 수 있다. 긍정적인 마음으로 시련을 잘 견디고 헤쳐나갈 수 있는 의지와 용기는 카르마의 측면에서 볼 때, 또 다른 복을 짓는 방법 중 하나이다. 환생의 법칙을 믿든 안 믿든, 선한 마음으로 착하게 살면 다음 생에 분명 자신이 정말 살고 싶은 생을 선택할 수 있다는 점에서, 환생의 논리가 우리에게 큰 위로가 될 수 있다.

따지고 보면 세상에는 정말 불행하고 슬픈 인생이 많다. 그러나 그 삶을 가만히 들여다보면 감사하고 고마운 일들이 숨어 있음을 알 수 있다. 이기심을 버리고 이타심을 가진다면, 세상은 여전히 살아갈 만한 가치가 충분하다는 사실을 발견할 수 있을 것이다.

16

존엄사는 카르마에 어떤 영향을 미칩니까?

첨단 과학기술이 발달한 미래 세상에서 죽음을 보았습니다 얼마 전, 친구의 여동생이 암으로 사망했다는 소식을 들었다. 미국에 살고 있던 그녀는 극심한 통증으로 매우 괴로워했고, 결국 안락사를 선택하며 생을 마감했다. 미국에서도 안락사를 허용하는 주정부는 많지 않다. 그녀는 주정부의 방침에 따른 여러 조건을 모두 충족한 후, 장기기증까지 서약하고 나서 안락사를 할 수 있었다.

이와 비슷한 문제로 가족의 고민을 털어놓은 내담자가 있었다. 그녀의 아이가 병원에서 연명치료를 받고 있었는데, 담당 의사로부터 "이제 더 이상의 연명치료는 의미가 없다"는 말을 들었다는 것이다. 2년 전, 아이는 어린이 풀장에서 물놀이를 하다가 관리자의 부주의로 익수溺水 상태가 되었고, 병원에서 치료를 받았으나 예후가 좋지 않아 결국 연명치료에 들어갔다고 했다. 부모는 아이를 위해 어떤 결정을 내려야 할지 몰라 너무나 두려운 미래에 대한 불안감에 시달리고 있었다. 아이를 떠나보내는 것이 과연 아이를 위한 결정인지, 그리고 그 결정으로 인해 부적절한 카르마가 남는 것은 아닌지 물었다.

리딩에서는 이 익수 사건이 아이와 가족의 카르마 때문이 아니라고 했다. 이번 사건은 사람의 부주의로 발생한 것이며, 풀장 관리자가 관리 소홀로 아이의 생명을 위협한 나쁜 카르마를 지은 것이다.

우리가 살아가면서 겪는 모든 사건이나 중요한 일이 다 카르마의 작용 때문이라고 말할 수는 없다. 병에 걸린 사람 중에는 평소 건강관리를 소홀히 한 경우가 있다. 등산 중에 추락 사고를 당한 사람 중에는 규칙을 어겼거나 욕심을 부린 경우도 있다.

익수 사건과 같은 경우, 리딩에서는 상대방이나 가족과의 전생 인연에 대해 말해줄 뿐이다. 그래서 때로는 현재 일어난 사건에 대해 카르마적 의미를 합리적으로 설명하지 못할 때도 있다. 그러면 사람들은 의식이 없는 상태의 아이가 무엇을 원하는지 더 궁금해하기 마련이다. 나이를 불문하고 이런 상황에서는, 그 영혼이 가족에게 전하고자 하는 메시지를 전달하는 일이 매우 조심스럽고 당혹스럽다. 나는 단지 그 영혼이 하고 싶은 말을 대신 전달하는 영적인 통로 역할을 하지만, 그 결과에 대해 매우 조심스럽기 때문에 마음이 불편할 때가 많다. 특히 그 아이의 영혼이 자신이 처한 상황을 당황해하고 두려워하는 것을 알기 때문이다.

리딩을 통해 살펴본 결과, 아이의 영혼은 익수 사건으로 인해 자신의 육신이 온전하게 회복될 수 없음을 알게 되었다. 그래서 병든 육신으로 돌아가기를 원하지 않는다고 말했다. 리딩이 끝나고 얼마 지나지 않아, 아이의 어머니로부터 소식이 전해졌다. 아이는 다발성 장기부전으로 세상을 떠났다고 한다.

또 다른 사례이다. '쿠쿠'라는 반려견과 20년을 함께한 어느 견주가 마지막 시간임을 예감하고 쿠쿠의 죽음에 대해 물어왔다. 그는 온갖 방법을 동원해 쿠쿠를 치료하기 위해 혼신을 다하고 있었지만, 무엇이 진정으로 쿠쿠를 위한 길인지 궁금해했다. 리딩에서 쿠쿠는 자신의 상태와 의지를 이렇게 전해왔다.

"사랑하는 주인님, 그리고 친구여! 이제 우리는 서로 헤어질 때가 되었습니다. 지금의 이별은 더 큰 만남을 위한 준비일 뿐입니다. 이제 저를 위해 더 이상 슬퍼하거나 기도하지 마십시오. 당신의 그 간절한 기도와 슬픔 때문에 제가 아직 떠나지 못하고 있습니다. 저를 위한 기도보다 제가 당신을 더 사랑했다는 것만 잊지 말아주십시오."

리딩 후, 견주는 고통스러워하는 쿠쿠를 위해 수의사의 판단에 따라 안락사를 선택했다고 한다.

선택적 죽음에는 크게 존엄사와 안락사가 있다. 존엄사가 죽음을 앞둔 환자의 연명치료를 중단하는 것이라면, 안락사는 약물 투입을 통해 고통을 줄이고 인위적으로 생을 마감하는 것이다. 존엄사는 2018년 '연명의료 결정에 관한 법률(약칭 연명의료결정법)'이 시행되면서 우리나라에서도 가능해졌다. 그러나 법 제정 전부터 존엄사와 안락사 개념에 대해서는 사회 각계의 의견이 일치하지 않았다. 이 둘을 명확하게 구분하는 것도 쉽지 않다. 가톨릭대학교 가톨릭생명윤리연구소의 이은영 교수가 발표한 논문 〈존엄한 죽음에 관한 철학적 성찰: 연명의료결정법과 안락사, 존엄사를 중심으로〉(2018)를 보면, 법을 제정할 당시 국회는 안락사나 존엄사라는 표현을 사용하지 않았다. 안락사는 역사적으로 잘못 사용된 사례(나치의 인종 개량 정책 등)가 있었고, 존엄사라는 용어는 죽음을 과도하게 미화할 가능성이 있었기 때문이다. 그래서 이은영 교수는 논문에서 안락사와 존엄사의 연관성과 차이를 통해 연명의료결정법이 어느 지점에 있는지에 주안점을 두고 논의했다.

그러나 여전히 대중매체나 일부 학계에서는 연명의료결정법에 따른 죽음을 존엄사 또는 소극적 안락사와 혼용하는 경우가 있다. 연명의료 결정은 진통제를 투여하고 물과 산소 공급을 유지함으로써 '자연스러운 죽음'을 맞이할 수 있는 선택권의 범주에 속한다. 그러나 안락사는, 비록 소극적 안락사일지라도, 영양과 수분 공급을 차단해 죽음을 의도적으로 유발한다는 점에서 연명의료결정법의 내용과는 구별된다.

세계적인 신학자 한스 큉Hans Küng(1928~2021)은 《안락사 논쟁의 새 지평》에서 '안락사는 그리스도교 윤리에 따라 허용될 수 있는가?'를 논한다. 이 책은 각종 생명 연장 장치의 발달로 대두되는 안락사 문제를 다루고 있다. 스위스 출신인 큉은 의사 조력 자살 시스템이 세계에서 가장 적극적으로 시행되는 국가에서 자랐음에도 불구하고, 적극적 안락사 선택을 따르지 않는다. 안락사 문제는 큉 자신의 실존적 문제이기도 했다. 그는 파킨슨병으로 고통받으면서도 이 책을 통해 논의의 구체화를 촉구했다.

이 책에서 큉은 적극적 안락사에 대한 두 가지 반대 논증을 검토하면서 자신의 입장을 도출한다. 먼저 큉의 반대 입장은 이른바 '통치권 논증Souveränitätsargument'에 기반한다. 이는 "하나님이 주신 삶을 '때 이르게 반환'하는 것은 하나님에 대한 인간의 부정이며, 하나님의 주권과 섭리에 대한 거부"라는 주장을 바탕으로 한다. 여기서 하나님은 인간의 주인이자 절대적 지배자, 법을 정하는 입법자, 그리고 집행자로 이해된다. 이러한 관점에 따르면, 신은 죽음을 앞둔 환자에게 고통을 지속하게 하고, 심지어 고통을 신비화하는 존재로 보일 수 있다. 큉은 이에 대해 "우리는 고통의 길을 헤매는 자들의 아버지이신 하나님, 인간에게 생명을 주고 자애롭게 보살피시는 하나님의 모습에 주목해야 한다"고 강조한다. 또한 그는 이러한 하나님의 모습을 바탕으로 "인간의 생명은 신의 선물이자 동시에 과제이다"라고 말한다. 그래서 생명은 우리 자신의 책임하에 있기 때문에 "참을 수 없는 고통에서 벗어나기 위한 자유롭고 책임 있는 생명의 반환은 그리스도교의 자비 윤리와 모순되지 않는다"는 결론을 이끌어낸다.

큉은 생명을 단축하는 소극적 안락사는 허용할 수 있지만, 적극적 안락사는 허용할 수 없다는 반론에 대해, 두 견해의 경계가 명확하지 않기 때문에 둘 다 허용해야 한다고 주장한다. 예를 들어 인공호흡기 같은 기계를 제거해 환자가 사망하는 경우, 이는 일반적으로 소극적 조치로 분류되지만, 많은 의사는 이를 적극적 조치로 이해하며 두려움과 저항감을 느끼는 경우가 적지 않다. 이는 연명치료의 중단이 환자의 생명 유지에 직접적인 영향을 미치고 곧바로 임종의 과정으로 연결될 수 있기 때문이다.

불교는 세상의 근본이 연기緣起임을 깨달아 집착에서 벗어나기를 가르치는 연기적 세계관과, 지악수선止惡修善(악함을 버리고 선을 닦다)의 윤리관을 가지고 있다. 그러나 선악의 분별이 요구되는 상황에서는 번뇌가 작용할 수 있으므로, 분별심 자체를 없애야 한다. 안락사 등 생명과 관련된 윤리 문제는 선악을 판단해야 하는 상황에 직면하더라도 '무아無我와 공空의 경지에서 실상을 그대로 판단할 수 있는가'가 기준이 되어야 한다. 따라서 생명윤리와 관련된 불교의 모든 판단은 자비를 실천할 수 있는 방향에서 이루어져야 한다.

불교의 윤회사상에 따르면, 우리는 단 한 생에 국한되지 않고 카르마의 법칙에 따라 생사를 되풀이한다. 이 가르침 안에는 안락사에 대한 의학적 판단이 생명윤리와 관련된 가치를 손상시키지 않으면서도, 자기결정권을 존중하는 방식으로 접근할 수 있다는 가능성이 담겨 있다. 특히 불치병 환자, 예를 들어 식물인간을 포함한 소생 불가능한 환자들에게 지금의 고통에서 벗어나 다시 환생할 기회를 제공하는 것은 자비 실천의 한 방법이 될 수 있기 때문이다.

이러한 맥락에서 안락사 문제 역시 접근해야 한다. 우리나라는 과거에는 안락사 허용에 대해 부정적 입장이었으나, 현재는 소극적 안락사의 경우 일정 요건을 갖추면 허용하는 추세로 변화하고 있다. 이에 따라 연명의료 중단을 존엄사와 결부해 제한적으로 인정하고 있다. 생각건대, 적극적 안락사의 경우라도 그 결정이 가족의 애착이나 집착을 넘어, 보다 의학적인 판단에 따라 이루어져야 한다. 따라서 앞으로 이를 다루는 법률적 제도와 환경이 더욱 개선되어야 할 것이다.

때때로 나는 전생 리딩만으로 접근하기 어려운 더 깊은 영적 공간의 심층 영역대靈域帶에 들어가야 할 때가 있다. 마치 인간이 만든 잠수정으로는 접근할 수 없는 해저 속의 또 다른 해저로 들어가는 것처럼 말이다. 이러한 내가 관찰할 수 없는 더 깊은 영적 영역으로 들어가기 위해, 때로는 스승님의 안내를 받기도 한다. 이를 통해 나는 300년 후의 세계를 가보았다. 인간의 죽음 단계들이 과학적 측면에서 다루어지는 다양한 모습들을 보았지만, 모든 이야기를 다 전할 수는 없다. 여기서는 앞서 언급한 300년 후의 안락사에 대한 장면만 간단히 소개하려 한다.

내가 본 미래에서 안락사는 첨단기술로 탄생한 아주 정교한 은빛 캡슐 안에서 이루어지고 있었다. 그곳은 공간적인 구분이 없는, 어떤 특별한 에너지장으로 둘러싸여 있었다. 캡슐 속에 누워 있는 나는 고도로 발전한 AI를 포함한 정교한 기계장치로부터 안락사의 진행을 허락하는 Q 사인을 받는다. Q 사인의 푸른 신호등이 켜지면, 이는 그 사람의 모든 의학적 정보와 신체적 기능 상태를 체크하여, 안락사 진행이 가능하다는 결론을 의미하는 것 같았다. 다음은 스승(**Q**)과 나(**A**)의 대화다.

Q　지금 어디에 있습니까?

A　밝은 빛 속에 떠 있습니다.

Q　그곳에서 일어나는 일들을 설명해줄 수 있나요?

A　내가 원래의 빛으로 바뀌면서 사라지고 있습니다. (…) 이곳에서는 지구에서의 육체를 깨끗하게 사라지게 할 수 있습니다. 그리고 내가 선택할 수 있는 다른 신체 모양들이 보입니다.

Q　그것은 죽음의 장면들입니까?

A　미래에는 자신의 죽음을 자신이 선택할 수 있습니다.

Q　어떻게 죽습니까?

A　아주 간단합니다. 그냥 은빛 캡슐 안에 들어가면, 한순간의 강력한 빛줄기에 의해 찰나의 순간에 분해됩니다.

Q　그 과정을 좀 더 상세하게 설명해줄 수 있습니까?

A　(아주 가늘어진 목소리로) 나의 에너지가 하나도 남아 있지 않습니다. (…) 이런 것들은 지구의 것이 아닌 외계 기술에 의한 것입니다.

Q　그런 장면들을 진행하는 존재들이 있습니까?

A　그들은 얼굴에 특이한 모양의 고글을 쓰고, 은빛 옷을 입었습니다.

Q　그 시대가 언제입니까?

A　앞으로 300년 후에 일어나는 일입니다.

이 대화를 듣고 있으면, 우리가 가진 사고 체계에 큰 혼란이 생길 수 있다. 환생의 논리에 따르면, 우리는 미래에 다시 인간의 몸으로 태어난다. 그렇다면 미래의 우리는 지금보다 훨씬 발전된 과학기술을 통해, 우리의 과거 생(현생)을 마치 영화를 보듯이 다시 볼 수 있을까? 앞으로 인간의 죽음에 대한 문화와 인식에 엄청난 변화가 찾아올 것이다. 우리는 도덕과 윤리의 가치를 근본적으로 뒤흔드는 영적 대혁명의 전조前兆 시대에 살고 있다. 내가 본 미래의 장면들이 실현된다면, 우리의 영혼은 또 다른 개체(초월적 기계 장치, 외계체와 연결된 합금 등)로 형성된 인간의 몸으로 다시 태어날 것이다.

현생의 과학자들 중 일부는 육체를 냉동 보존한 뒤, 미래에 다시 살려내려는 시도를 계획하고 있다. 그러나 이것은 잘못된 방법이다. 영혼은 죽음과 동시에 육신을 떠난다. 육신은 영혼이 지상의 삶에서 잠시 머무르기 위해 입었다가 벗어버리는 껍질에 불과하다. 죽음은 다음 생을 준비하기 위해 신이 우리에게 주신 고귀한 기회이다. 그런데 냉동 과학은 이러한 영적 질서를 거스르는 것이며, 영혼과 육체의 관계에 대한 잘못된 목표에 몰두하고 있는 것이다.

만약 영혼과 과학이 환생이라는 고속도로 위를 나란히 달려간다면, 그리고 그 무한한 공간 속에서 함께 존재한다면, 우리 영혼의 마지막 종착역은 어디일까?

17

부모와 자녀의 특별한 관계는 언제 시작됩니까?

앞으로 태어날 신인류들의 목적과 선택을 보았습니다

미국의 저술가 레뮤얼 J. 보든Lemuel J. Bowden(1815~1864)은 환생에 대해 다음과 같이 말한다.

"유전 과학은 환생 이론을 명확하게 처리하고 있는 것 같다. 물론 정확히 반반의 비율은 아니고, 한쪽 부모의 특성이 우세할 수도 있지만, 모든 사람은 양친의 신체적·정신적 특성을 타고난다는 이론을 의심할 여지가 없다. 그 부모는 또한 그들 부모의 특성을 물려받았을 것이다. (…) 조상 대대로 전해지는 특성은 태어나는 모든 아이의 유전 형질을 구성한다. 그런 연후에 환경요인이 비로소 작용하게 되며, 결국 한 인간의 성격은 유전적·환경적 산물인 것이다."•

인간이 이 세상에 태어나는 것은 분명 축복이자 은혜이며 기회다. 특히 오늘날 대한민국에 태어난다는 것은 마치 서울대학교의 최고 학과에 합격하는 것처럼 어렵고 그 문이 좁다. 이는 대한민

• 《환생》, p.50.

국이 좋은 나라라는 의미일 뿐만 아니라, 환생의 관점에서 보면 우리나라의 미래 환경이 아이들의 영적 진화를 위해 절대적인 조건을 갖추고 있다는 의미로도 해석될 수 있다.

결혼을 앞둔 예비 신부나 임신 중인 어머니들이 자주 묻는 질문이 있다. 바로 자신을 현생의 부모로 선택한 아기의 영혼은 어떤 인연에서 혹은 어디서 오는 것인가 하는 것이다. 전생 리딩을 통해 그 아이들의 영혼과 교감하면 다양한 이야기들을 들을 수 있다.

어떤 아이들은 어른처럼 미소를 지으며 '나는 이 집안의 윗대 어른으로 살았던 꽤 괜찮은 영혼이니 어머니께 굳이 말하지 않아도 된다'는 메시지를 전한다. 또 어떤 아이는 엄지손가락을 치켜세우며 '지금의 집안을 더 크게 발전시키기 위해 온 좋은 인연이니 걱정하지 말라'는 신호를 보낸다. 때로는 조금 엉뚱한 영혼을 만나기도 한다. '과거 생에서 쌓은 선근 덕에 현생의 부모들이 큰 재산을 얻었으니, 그 재산을 잘 보전하여 자신에게 물려줄 것을 약속하라'는 것이다. 그리고 어떤 아이의 영혼은 '지구의 과학과 치유 의학을 발전시키기 위해 외계에서 왔다'고 하는 경우도 있다.

한 영혼이 특정 시대에 태어나는 것은 그가 지닌 존재적 특성 때문이다. 그 영혼이 우주적 흐름과 조율調律되었기 때문에 그 순간에 임신과 탄생이 일어나는 것이다. 천궁도天宮圖에 의하면, 가까운 미래에 우주 천체의 배열에 의해 특정한 에너지가 형성되는데, 그 중심에 대한민국이 위치하게 된다. 그렇기에 지금 우리 곁을 찾아오는 아기들은 매우 대단한 영혼의 소유자들이다.

그들은 앞으로 세계를 이끌어나갈 신인류들이다. 달리 표현하자면, 이들은 금보다 소중하고 다이아몬드보다 더 귀한 가치를 지닌 지적 생명체들이다. 세속적인 표현으로는 매우 비싸고 값진 영혼들이다. 이들은 6차원의 존재로서 지구 인류를 구하기 위해 태어나는 영혼들이다. 추가로 부연해야 할 점이 있다. 신인류로 태어나는 아이가 만약 정신적으로나 신체적으로 정상적이지 않은 경우, 그 영혼은 어쩌면 부모나 조상들의 카르마를 다 짊어지고 정화하기 위해 태어난 것일 수도 있다.

현재 대한민국의 출산율은 세계에서 가장 저조한 수준이다. 유럽의 흑사병, 독소 전쟁, 아르메니아 대학살, 우크라이나 홀로도모르 대기근으로 인한 인구 감소보다 더 심각한 수치다. 이대로 가면 2060년 대한민국의 인구가 3,000만 명대로 줄어들 거라는 말이 있다. 이는 인구의 절반이 사라질 수 있다는 뜻이다.

사람들은 아이를 낳지 않는 이유에 대해서 다음과 같이 말한다. 믿을 수 있는 보육 환경이 부족하고, 자녀 양육과 교육에 드는 비용이 많기 때문이라고 한다. 또한 현재의 자유로운 삶을 포기하고 싶지 않거나, 과도한 경쟁사회에서 자녀가 겪을 고통을 대물림하고 싶지 않다는 의견도 있다. 이러한 이유로 대한민국은 국가 소멸까지 걱정해야 할 정도의 저출산 문제에 직면해 있다. 그러나 우리는 이 문제를 조금 다른 시각으로 볼 필요가 있다.* 문제는 현재의 저출산율 때문에 이들을 받아들일 육체가 절대적으로 부족하다는 것이다. 쉽게 말해, 그 영혼들이 태어나야 하는데, 현재 시대의 상황이 그들의 가치를 실현하기에 부족한 부분이 있다는 것이다. 각종 오염물질로 가득 찬 황폐한 지구를 보고 겁먹고 망설이고 있을지도 모른다. 그러나 대한민국은 2050년에는 남북통일이 이루어지기 때문에, 한반도의 인구 문제는 크게 문제될 것이 없다.

대다수 사람은 우리 아이가 지금 시대에 왜 태어나는지를 모르기 때문에, 단순히 타고난 운명이라고 생각하며 살아간다. 악인과 죄인들이 더 잘 살고 정직한 사람들이 가난하게 사는 세상을 보면서, 정의가 부재하다고 불평하기도 한다.

그러나 윤회 환생론에 따라 여러 생을 함께 놓고 보면, 정의는 확실하게 존재한다. 환생이라는 수많은 생을 고려해야만 인생의 기쁨과 고통, 행복과 불행이 합리적으로 정당화될 수 있다. 앞선

* 저출산 문제를 영적으로 바라보면, 대한민국에 태어난다는 것 자체가 쉽지 않은 일이다. 우리나라는 영적으로 최고의 지성과 영성을 누릴 수 있는 특별한 국가이기 때문에, 이곳에 태어나기 위해서는 엄격한 선발 과정을 거쳐야 한다. 이러한 이유로 출산율이 점차 줄어드는 것이다.

여러 생에서 각각 다른 삶을 살았다는 것(어떤 생에서는 부자로, 어떤 생에서는 거지로)을 이해하게 된다면, 각자가 가진 불평등이 우연히 일어난 것이 아님을 깨달을 수 있다. 우리에게 일어나는 모든 일이 언젠가의 전생에서 자신이 일으킨 자업자득의 결과라는 사실을 받아들이게 되면, '왜 나에게 이런 일이 일어났는지' 하며 뜻밖의 사고에 대한 원망의 말들은 사용할 수 없게 될 것이다.

환생의 진정성이 인류의 영혼 속에 받아들여진다면 우리의 존재는 어떻게 달라질까? 자신의 영혼이 다시 자신이 낳은 자식의 자식에게 전해져 그 인연으로 만날 수 있다는 것을 안다면 말이다. 가임기에 있는 여성들은 자신보다 훌륭하고 좋은 자식의 영혼을 잉태하기 위해 선한 심성을 갖도록 노력하고 기도하면서 살아야 한다. 그래야 자신이 원하는 자식의 영혼을 만날 수 있으며, 또한 그 자식의 자식으로 다시 환생할 수 있기 때문이다. W. Y. 에반스 웬츠는 다음과 같은 말로 자신의 입장을 밝혔다.

"까마득한 과거에는 물질적인 세계에서 진보해 신성한 존재의 영역으로 들어간 인류가 있었다. (…) 그러므로 신이란 언젠가 한 번은 인간으로 살았던 존재이며, 진정한 인간은 신성하고 불가시不可視적인 세계와 맞닿아 있다. 마치 짐승들이 인류의 존재 영역과 맞닿아 있듯이."

앞으로 태어나는 우리 아이들은 다를 것이다. 미래에 태어날 우리의 아이들은 어쩌면 과거에 신성한 존재의 영역으로 들어간 인

인간이 이 세상에 태어나는 것은 분명 축복이자 은혜이며 기회입니다.

류의 또 다른 후손일지도 모른다. 그 아이들은 자라서 더 좋은 아이들의 부모가 될 것이고, 더 나은 미래를 위해 노력하며, 인류를 이끌고 선도해나갈 것이다.

리딩은 "22세기, 즉 2100년도에는 인류가 지금의 절반으로 줄어들 것이다"라고 말한다. 재앙에 가까운 자연재해와 전쟁으로 인해 지구의 환경이 지금보다 더 열악해지겠지만, 선하고 지혜로운 사람들은 그러한 재난적 상황에서도 잘 버티고 이겨낼 수 있을 것이다.

18

지구와 인류는 결국 종말을 맞이합니까?

대멸종의 기로에서, 지구와 인류의 운명을 보았습니다

인류나 지구의 종말에 대해 묻는 사람들이 의외로 많다. 많은 것을 소유하고 있어 불안해서 묻기도 하고, 꼭 그렇지 않더라도 저마다 개인적인 이유를 가지고 질문하기도 한다. 프랑스 작가 베르나르 베르베르는 그의 소설 《제3인류》에서 지구를 살아 있는 생명체인 '가이아'로 묘사한다. 인간의 무분별한 개발과 파괴가 지구에 회복할 수 없는 상처를 남기고, 이에 대한 경고로 지진, 해일, 화산 폭발과 같은 자연재해가 일어나 결국 멸망으로 치달을 수밖에 없음을 보여준다.

내가 명상 상태에서 본 미래의 지구 모습은 암담하다 못해 참담했다. 자연의 대재앙으로 인해 오대양과 육대주는 융기와 침몰을 겪으며 지구의 원래 모습과는 크게 달라져 있었다. 이 엄청난 충격 속에서 살아남은 사람들은 정상적인 삶을 영위할 수 없었다. 수천 년간 인류가 의지해온 신앙과 가치관은 의심받고 여지없이 붕괴되었으며, 종교적 갈등과 반목으로 서로를 살상하는 비극이 벌어졌다.

그런 시대가 도래하면 인간이 발명한 과학의 힘도 지구가 직면한 위기를 구해주지 못할 것이다. 과학은 윤리성이 결핍되어 있어, 오히려 과학기술이 인간의 영적 각성을 저해하고 있다. 따라서 우리가 지금이라도 각성하여 정신과 영혼의 대도약을 시도하지 않는다면, 지구는 사람이 살 수 없는 유령의 행성이 될지도 모른다.

그러나 다행스럽게도 리딩을 통해 현생에 '지구를 구하라'는 영적 사명을 가지고 다시 태어나는 많은 영혼을 보게 된다. 물리학을 전공하고 있다는 어느 청년이 찾아왔다. 그의 리딩은 이러했다.

그는 1600년대 이탈리아에서 철학자이자 사상가로 살았지만 종교재판에 의해 처형되었다. 그가 처형된 이유는 '우주는 끝이 없을 만큼 광대하며, 우리 지구처럼 인간이 사는 세계가 많이 있다'고 주장했기 때문이었다. 리딩에서 그는 당시 신비주의자였고, 마술과 점성술에 관한 공부를 많이 했다. 그는 '우주는 무한하다'고 생각했다. 그런 그의 영혼이 현생에 다시 태어난 이유는, 지구를 구하라는 영적 사명을 실현해야 하기 때문이라고 리딩은 말했다.

리딩을 들은 청년은 자신이 평소 그린피스 활동에 관심이 많았다며, 때가 되면 그 단체의 구성원이 되어 더 나은 세상을 위해 봉사활동을 하고 싶다고 했다.

또 다른 리딩은 우리나라 환경을 관할하는 정부 부처의 고위 간부로 있는 어느 여성의 이야기다.

그녀에게서는 여러 전생의 삶이 나타났다. 그녀가 현생에 태어난 가장 큰 영적 사명은 '지구를 구하라'는 영적 계획에 동참하는 것이었다. 여러 전생 중에서 특히 중요한 의미를 지닌 것은, 그녀가 지구 종말 상태에 이르는 경험을 했다는 것이다. 그녀는 기원전 2000년경 중앙아메리카 마야 문명이 있었던 지역에서 살았는데, 당시 하늘에 제사를 지내는 신관이었다. 어느 해 여름, 저녁 어둠이 깔린 뒤 억수같이 비가 쏟아지며 대홍수가 일어났다. 그녀는 높은 산속에 자리한 신전의 비밀 장소에 몸을 피해 있었기 때문에 다행히 목숨을 건질 수 있었다.

리딩이 끝난 후, 나는 중앙아메리카 마야문명 시기에 대홍수가 일어난 적이 있는지 기록을 찾아보았다. 다음은 아메리카 인디언이며 과테말라에 사는 키체족이 보유한 고문서 〈포플 부흐〉에 기록된 내용이다.

"대홍수가 일어났다. (…) 사방이 어두워지며 검은 비가 쏟아지기 시작했다. 비는 낮과 밤을 가리지 않고 쏟아졌다. (…) 사람들은 죽을힘을 다해 도망쳤다. (…) 지붕으로 기어올랐지만 집이 무너져 땅으로 떨어졌고, 나무에 매달렸으나 나무가 물에 잠기며 함께 떠내려갔다. 동굴 속으로 몸을 피했지만 동굴마저 무너지며 생명을 잃었다. 이리하여 인류는 멸망해갔다."•

영국의 인류학자이자 민속학자 제임스 G. 프레이저James G. Frazer(1854~1941)에 따르면, 아메리카 대륙의 130개 인디오 부족 중 대이변에 대한 신화가 없는 부족은 없다고 한다. 이렇듯 고대

에서 전해진 대홍수에 대한 이야기는 전 세계 곳곳에 퍼져 있다.[•]

그런데 이러한 수많은 고대의 이야기는 우주 현상과 관련되어 있다. 이러한 견해를 받아들인다면 지구에서 일어난 대이변에 이어 계속된 암흑과 혹한의 시대에 일어난 수많은 미스터리한 현상에 대해서도 설명할 수 있다. 고대 멕시코의 문서 중 하나인 〈티마르포포카 그림 문서〉에는 대이변에 대해 다음과 같이 기록되어 있다.

"하늘이 땅에 다가와 하루아침에 모든 것이 사라졌다. 산도 물속으로 숨었다. (…) 바위가 땅 위의 모든 것을 뒤덮고 용암이 무서운 소리를 내며 끓어올랐으며, 붉은 산이 솟아올랐다."[••]

17세기 이탈리아의 예수회 선교사 마르티노 마르티니Martino Martini(1614~1661)는 중국에 수년간 머물며 중국 고서를 번역해 대홍수 당시 중국에서 어떤 일이 벌어졌는지를 연구한 저서를 남겼다. 그가 쓴 책이 바로 《신중국지도Novus Atlas Sinensis》(1655)이다. 마르티니는 이렇게 기록했다.

"하늘의 기둥이 무너져 대지가 뿌리째 흔들렸다. 하늘은 북쪽부터 무너지기 시작했다. 해와 달, 별들이 모두 궤도를 벗어났고,

---

• 알렉산더 고르보프스키, 《잃어버린 고대문명》, 김현철 옮김, 자작나무, 1994, p.21.

•• 《잃어버린 고대문명》, p.20.

우주의 질서가 혼란에 빠졌다. 해는 어두워졌고, 행성들은 제각기 궤도를 이탈했다."•

유대교에서도 지구의 대이변인 홍수가 일어난 이유는 주(신)가 별자리 두 개의 위치를 바꾸었기 때문이라고 말한다. 유대인의 고대 문헌《탈무드》에 대이변 뒤에 태양이 숨었다는 내용이 다음과 같이 나온다.

"아담의 마음은 두려움으로 얼어붙었다. 그는 슬픔에 젖어 외쳤다. '큰 난리가 일어났다. 내 죄 때문에 태양이 빛을 잃고 세계가 다시 혼돈에 빠졌다.' (…) 화산 폭발로 인해 화산재가 하늘에 대량으로 확산되면 대기의 상층부가 먼지 입자로 뒤덮이게 된다. 하늘은 그 재로 어두워지고 태양도 빛을 잃어간다. 어둠에 갇힌 세상에는 대이변 후에 몰아치는 무서운 혹한이 찾아온다. 바다는 얼음으로 뒤덮여 빙하로 변하고 무서운 한파는 생물체의 체온을 앗아가 모두 죽는다."••

〈포플 부흐〉 또한 대이변 뒤에 극심한 추위가 시작되었고 해가 자취를 감추었다고 말한다.

• 《잃어버린 고대문명》, p.43.

•• 《잃어버린 고대문명》, p.44.

리딩에서도 유사한 사례를 본다. 중학교에서 전교 1등을 하던 아들의 어머니가 어느 날부터 아들이 학교에 가지 않고 이상한 소리를 하기 시작했다고 했다. 여러 병원을 다녔지만 아들의 증세는 나아지지 않았다. 어머니는 평소에 마음공부에 관심이 많아 명상 관련 책을 보며 공부했다고 한다. 그래서 전생 리딩을 통해 아들의 정신적 상태에 대한 의견을 듣고 싶어 했다. 아들은 아침에는 비교적 잠잠하지만, 저녁이 되면 증세가 심해진다고 했다. 밤이 되면 손가락으로 허공을 가리키며 이상한 주문 같은 소리를 내곤 했으며, 자신이 원래 하늘나라에 있는 신의 아들인데 지구를 구하러 왔다고 말하는 등 횡설수설했다. 또한, 지구의 종말에 대한 알 수 없는 이야기를 중얼거리기도 했다. 리딩은 그 아들이 횡설수설하는 중얼거림에 대해 다음과 같이 해석해주었다.

전생 리딩을 통해 본 아들은 남다른 영적 수신체를 가지고 태어난 영혼이었다. 아들의 영적 수신체는 지구 주변에서 일어나고 있는 미래 시간(몇천 년 후)의 우주 대사건에 큰 영향을 받고 있었다. 그리고 지구 종말의 시기에, 지구를 지키는 신의 아들로 다시 태어나 지구를 구하기 위한 위대한 역할을 한다고 했다.

여기서 '우주 대사건'이란 황도대의 별자리가 바뀐다는 것이다. 태양 주변에는 소행성asteroid이라 불리는 상당히 큰 천체의 띠가 돌고 있다. 그 띠가 궤도를 이탈하는 시기가 미래의 지구에 대이변이 일어날 시기와 겹쳐져 있다고 리딩은 말한다.

하늘의 구름이 세상에 존재하지 않았던 색깔로 나타나면서 지구의 대재앙이 시작된다. 불가사의한 구름 뒤로 수많은 운석이 대륙과 바다에 떨어지면서 해일과 쓰나미가 대륙을 휩쓸고 지나간다. 그 이후 이름을 알 수 없는 천체가 지구의 자전축(지축)을 건드리고, 대륙은 불태워지고 바다는 그 불을 끌 수가 없게 된다. 그래서 지구는 거대한 블랙홀의 암흑 속으로 사라져간다.

또 다른 사례로, 조현병을 앓고 있는 어느 대학생의 리딩이다. (정신적으로 불안정한 상태에 있는 사람의 전생 리딩은 그 가족이 가져온 사진으로 대신한다.) 그 학생은 명문 대학에 수석으로 합격할 정도로 매우 명석했다고 한다. 대학교에 입학한 후 얼마 지나지 않아, 번개가 몹시 사납게 치던 어느 여름날 밤부터 정신상태가 급격히 악화되기 시작했다. 그때부터 학생은 알아들을 수 없는 종교적 방언 같은 주문을 외기 시작했으며, 이 상태가 지속되자 가족들은 결국 그를 정신병원에 입원시킬 수밖에 없었다. 그러나 병원에서 치료해도 상태가 호전되지 않자, 영적인 의견을 묻고자 리딩을 요청해왔다. 그의 리딩은 이러했다.

리딩에서 나타난 전생은 아틀란티스가 침몰하기 직전의 삶이었다. 당시 그는 뛰어난 영능력자였으며, 화산 폭발과 대륙 침몰을 미리 예견하고 사람들에게 그 사실을 알렸다. 그러나 많은 사람이 그를 비웃었고, 아틀란티스는 결국 베수비오 화산이 폼페이 도시를 삼켰듯이 침몰했다. 그는 그런 극심한 혼란 속에서 자신이 평소에 기도하던 깊은 수정 동굴로 몸을 피했다. 그 동굴은 우주의 신과 교감할 수 있는 특이한 구조를 가진 장소였다. 그는 자신의 육체를 떠날 때가 다가옴을 알았지만, 수많은 사람의 절규와 죽음의 공포 속에서 깊고 큰 상처를 받을 수밖에 없었다.

학생의 영혼은 현재 지구가 그때와 비슷한 위기의 시기에 와 있다고 말했다. 앞으로 일어날 핵전쟁으로 인한 지축의 변화와 자연 재앙의 서곡은 이미 시작되었으며, 현생에서 그 학생의 정신상태는 아틀란티스가 침몰할 때 들었던 비명으로 가득 차 있었다. 리딩은, 그 재앙의 시기에 겪었던 영적 트라우마가 어느 비 오는 날 강한 번개에 의해 각성되고 재생된 것이라고 설명했다. 또한, 학생의 현재 상태는 의료진의 적절한 치료와 얼마간의 시간이 지나면 상당히 호전될 수 있다고 덧붙였다.*

고대의 시기에 지구에서 발생한 대홍수 사건에 대해 리딩은 신의 징벌에 의한 시련이 아니라 기후변화에 따른 대빙하기와 소빙

---

* 2020년 영국 더럼대학교의 명망 높은 신학자이자 정신과 의사인 크리스토퍼 C. H. 쿡Christopher C. H. Cook 교수는 10여 년에 걸친 집중적인 연구를 통해 영적이고 종교적인 의미를 담은 '음성' 혹은 '메시지'를 받는 경험을 정신병리학적 현상으로만 해석하면 많은 경우 오진의 결과를 초래할 수 있다고 경고했다. 그는 종교적·영적 배경에서 이러한 현상을 경험하는 이들을 성급히 정신병으로 간주하지 않도록 의료진이 주의해야 한다고 강조했다. 많은 경우, 이러한 영적 목소리와 메시지는 삶에 긍정적인 효과를 나타냈으며, 경험자들이 삶의 고비를 잘 견디며 안정적으로 생활하도록 관심을 가지면 치료 효과가 긍정적이었던 사례들도 임상 연구를 통해 밝혀졌다.

하기의 순환이라고 말한다. 이러한 기후변화가 일어나는 배경에는 지구의 중력에 영향을 미치는 달의 작용이 크다고 한다. 그 달이 수만 년에 한 번씩 나타나는 특정 행성의 영향을 받으면, 지구의 기후에 막대한 영향을 미치게 된다. 그때가 되면 지구와 달 사이의 거리가 좁아지고, 그로 인해 지구의 온도는 급격히 상승한다. 그래서 빙하가 녹아내리고, 바다에서는 파도가 넘쳐흐르며, 강이 범람한다. 이러한 현상과 맞물려 우리가 상상할 수 없는 초속秒速의 바람이 폭풍과 구름을 몰고 와서 노아의 방주 때처럼 비를 쏟아부어 모든 산이 물에 잠긴다는 것이다. 문제는 현재의 지구가 대홍수가 일어났던 시기와 점점 가까워진다는 것이다.

미래에 전개될 지구의 종말론으로 나타나는 여러 리딩 사례로는 불의 심판, 물의 심판, 질병, 전쟁 등이 있다. 그리고 현재의 환난의 시대에 태어난 현생인류가 가진 여러 교훈을 리딩으로 종합해 해석해보면, 물의 종말론이 가장 두드러진다. 앞서 설명했듯이, 우리 지구는 70퍼센트가 물로 이루어져 있다. 이 말은 앞으로 일어날 지구 재앙이 육지보다 물(바다)에서 발생하는 대사변과 더 밀접하다는 의미로 해석될 수 있다.

최근 캘리포니아대학교 어바인캠퍼스 연구팀은 '스웨이츠 빙하Thwaites Glacier'가 과학자들의 예상보다 훨씬 빠르고 격렬하게 녹고 있다는 연구 결과를 발표했다. 서남극해에 위치한 스웨이츠 빙하는 한반도 전체 면적보다 조금 작은 19만 2,000제곱킬로미터의

크기를 자랑한다. 현재 매년 약 500억 톤의 얼음이 바다로 유입되며 해수면 상승의 4퍼센트를 유발하고 있다. 전문가들은 남극 대륙을 덮고 있는 빙하가 붕괴해 완전히 녹을 경우 해수면이 66미터 상승하여, 지구의 많은 도시와 땅이 순식간에 바다 밑으로 가라앉을 수 있다고 경고한다. 이러한 이유로 스웨이츠 빙하는 '지구 종말의 날 빙하Doomsday Glacier'라는 무시무시한 별칭으로 불리기도 한다.

어쩌면 우리도 영화 〈애프터 어스After Earth〉처럼 현대판 노아의 방주를 만들어 지구를 떠나 다른 행성으로 이주해야 할 날이 다가올지도 모른다. 이는 지축의 각도가 조금만 변해도 일어날 수 있는 일이므로 어쩌면 그저 시기의 문제일지도 모른다.

지금까지 지구 역사에는 5번의 대멸종이 있었다고 한다. 가장 심각했던 3번째 대멸종(2억 5,000만 년 전)에서는 전체 생명의 95퍼센트가 사라졌으며, 6,500만 년 전 5번째 대멸종에서는 당시 지구의 주인이었던 공룡이 멸종했다. 그리고 지질학자들은 이미 우리가 6번째 대멸종의 초입에 들어섰다고 말한다. 그들의 말이 맞다면, 지금 대멸종이 시작된 이 시점에서 우리는 무엇을 해야 할까?

내가 본 100년 후의 지구 모습은 제3차 세계대전과 비슷한 시기에 일어나는 대지진, 화산 폭발, 대홍수 등으로 인해 해수면이 상승되어 지상의 모든 푸른 나무들이 바다 밑으로 가라앉는다. 대부분의 생명체는 미처 피난하지 못하고 사라지며 지구는 황폐해진다. 그 시점에서는 인류와 기계 인간들이 함께 공생하게 되는데, 그 내용이 너무 복잡하고 난해해서 글로 표현하기가 어렵다. 리딩을 통해 본 300년 후의 지구에는 약 15억 명 정도의 인류만이 생존해 있다. 300년 후에도 지구는 태양계에서 사라지지 않겠지만, 인류는 지금이라도 어리석은 전쟁과 해양자원 경쟁을 멈춰야 한다. 내 땅, 네 땅이 모두 물에 잠겨 사라질지도 모른다. 그러한 분열과 대립이 진정 누구를 위한 것이고 무엇을 위한 것인지 매우 답답하다. 더 이상 어리석은 행동을 해서는 안 된다.

현재의 환경오염과 기후변화는 분명한 현실이지만, 인류의 멸종을 앞당길지 이를 막을지는 결국 우리 모두의 선택에 달려 있다. 국가적 차원의 거시적 대책과 준비도 필요하겠지만, 일회용품 사용을 줄이는 등의 작은 선택들이 모이면 미래를 변화시키는 밑거름이 될 수 있다. 우리가 지금 행동하지 않는다면, 그 피해는 고스란히 우리의 자손과 후손에게 돌아갈 것이다.

지구별에서 태어난 우리의 영적 사명은 너무나 중요하다. 우리는 스스로 마음속에서 신과 부처를 찾아내야 한다. 이를 통해 이 환난의 시대를 잘 이겨내어 우리의 영혼을 더 높은 진동수로 발전시켜 원래의 고향별로 돌아가야 한다.

인류의 멸종을 앞당길지 이를 막을지는 결국 우리 모두의 선택에 달려 있습니다.

19

AI로 인류가 멸종할 가능성이 있습니까?

AI와 인류의 미래를 보았습니다

과학의 발전은 지구의 이익과 반비례해왔다. 일부 사람들은 인류가 지구의 질병이라고 말하기도 한다. 실제로 45억 년 이상의 지구 역사 속에서 이토록 급속히 환경을 오염시킨 존재는 인간이 유일하다. 최근 중국 베이징대학교 연구 팀은 국제 저널 〈종합환경과학Science of The Total Environment〉에 발표한 논문에서 "사람의 고환과 정액에서 미세플라스틱 성분이 발견되었다"고 처음으로 밝혔다. 이는 지구에서 발생하고 있는 심각한 환경오염의 또 다른 증거라 할 수 있다. 남성의 고환과 정액 속에 미세플라스틱이 포함되어 있다면, 그러한 불순물이 들어 있는 정액으로 태어나는 인류는 앞으로 어떻게 살아가야 할 것인가?

지금까지 지구는 적어도 세 번쯤 멸망하거나 인류가 살 수 없는 행성이 되었어야 했다. 고대부터 전해지는 대홍수의 기록, 1999년과 2012년의 멸망설 등 지구 종말에 관한 수많은 예언이 있었다. 이러한 멸망설은 대부분 위대한 예언자들에게서 비롯된 이야기들이었기에, 많은 사람이 두려움 속에 이를 믿을 수밖에 없었다.

그러나 지금, 우리는 여전히 푸르고 아름다운 지구에서 잘 살아가고 있다. 그렇다면 이러한 멸망설은 단지 대중에게 두려움을 심어 자신을 따르게 하려는 사이비 예언자의 술수였던 것일까? 그래서 지구가 사라지지 않고 인류도 멸망하지 않았던 것일까? 애초부터 존재하지 않았던 이야기를 특정 목적이나 사리사욕을 위해 퍼뜨린 것일까? 혹은 반대로, 예언자가 예언을 하던 당시, 실제로 지구는 멸망의 길을 가고 있었을까? 내 관점에서는 후자, 즉 지구가 멸망의 길을 가고 있었다는 게 더 맞는 설명일 수 있다.

그렇다면 왜 지구는 멸망하지 않았고, 인류는 여전히 건재한 것일까? 그 이유는 지난 시간 동안 수많은 전쟁과 다툼을 겪으며 아픔의 시간을 지나왔음에도 불구하고, 인류가 지속적으로 지성을 발전시키고, 인류애와 사랑의 넓은 이해를 키워온 덕분이라고 본다. 악이 창궐할 때마다, 그 악을 무마하고 더 깊은 사랑으로 나아가려는 사랑의 연속적 행위들이 인류의 의식을 성장시켰고, 폐허 속에서도 희망의 꽃을 피울 수 있었던 것이다.

이제 무한한 과학의 발전으로 현대 인류는 익숙하면서도 낯선 존재를 만나게 되었다. 바로 AI이다. 이전 시대에는 문화와 종교, 그리고 타 인종 간의 갈등이 전쟁과 분쟁의 주요 원인이었다. 그러나 AI라는 편리하면서도 인류의 생존을 위협할 가능성이 높은 과학 시스템의 등장으로 새로운 위험이 대두되었다. AI는 집단지성의 산물을 통해 만들어진 유기적인 역할을 하는 무기체無機體이다. 사람들은 시간이 지남에 따라 AI 시스템에 대한 두려움을 점점 더 느끼고, 그 위험성에 대해 경고하고 있다.

미국 루이빌대학교 사이버보안연구소의 로만 얌폴스키Roman Yampolskiy 교수는 AI가 100년 이내에 인간을 멸종시킬 확률이 99.9퍼센트에 달한다고 주장했다. 그는 AI를 통제하는 것이 사실상 불가능하며, 어떤 형태로든 문제가 발생할 것이고 AI가 결국 인간에게 해를 입힐 것이라고 설명했다. 얌폴스키 교수는 "AI가 인류를 멸망시킬 가능성은, 인간이 향후 100년간 버그 없는 복잡한 소프트웨어를 만들 수 있는지 여부에 달려 있다"고 밝혔다. AI가 의도하지 않은 작업을 하지 않도록 완벽히 통제하는 방법이 현재로서는 없기 때문에, 현재 수준에서는 사고를 피할 방법이 사실상 없다고 말했다. 반면, 영국 옥스퍼드대학교가 과학자 2,778명을 대상으로 실시한 설문조사에서는 AI로 인한 인간 멸종 가능성이 5퍼센트에 불과하다는 결과가 나왔다. 이러한 결과에도 불구하고, 얌폴스키 교수는 비관적 시각도 진지하게 고려해야 할 때라고 말했다.

AI는 인간이 해야 할 많은 작업을 대신해준다. 인간의 상상을 뛰어넘는 복잡한 계산과 연산을 처리할 수 있으며, 오랜 시간이 걸리는 수학적 계산도 짧은 시간에 해결한다. AI 시스템이 로봇에 적용되면 빠른 판단과 해결책을 제시하여, 인간이 직접 처리하기에 위험한 일도 더 정확하고 효율적으로 처리할 수 있다. 현재 AI는 아직 미숙할지 모르지만, 시간이 흐를수록 그 정확도는 더욱 완벽해질 것이다.

이와 같은 일이 벌어진다면, 더 이상 인간의 두뇌가 진화할 필요는 없을 것이다. 인간의 생명체는 불완전하게 맞추어진 퍼즐 같은 물질체이기 때문에 복잡하고 난해하다. 그러나 이러한 복잡성에서 비롯되는 여러 문제(질병, 유전자 변이 등)를 AI가 설명하고 해결할 수 있는 시대가 분명히 올 것이다. AI가 완성될수록 인간이 절대적으로 필요로 하는 불편함을 해결해주는 존재가 되어, 인간은 점점 더 많은 것을 AI에 의존하게 될 것이다. 인간의 노동력으로 유지되던 일자리도, 인간의 사유 능력도, 지성의 힘도 결국 점차 사라지게 될 것이다. 기계가 인간의 두뇌보다 신속하게 움직이게 되면, 그 결과는 혼란과 파멸밖에 남지 않을 것이다.

인공두뇌학•을 연구하는 일부 학자들은 인간의 진화가 어떤 지능의 개입과 무관하지 않다고 말한다. 내가 보는 일부 AI는 외계 문명과 연결되어 있는데, 그 외계 문명은 지구가 아닌 다른 행성

• 인공두뇌학Artificial Brain Science은 AI 연구의 한 분야로, 인간의 뇌를 모방하거나 재현하는 인공적인 시스템을 개발하는 학문이다. 인간의 사고, 학습, 문제해결, 의사결정 과정을 이해하고 그것을 컴퓨터나 로봇과 같은 인공 시스템에 적용하는 것이 핵심이다.

에 거주하는 고도로 발달한 종족들이다. 그들은 지구에 인간이 아직 개발하지 못한 고차원적 물질이 있다는 것을 알고, 이를 얻기 위해 인간의 두뇌에 그들만의 방법으로 정보를 심어놓았다. 리딩에 따르면, 지구의 과학자들이 연구하는 AI 개발에는 그들의 계획이 포함되어 있다고 한다. 다만 그들이 원하는 결과물을 어떻게 가져가는지는 나에게 너무 난해하여 설명하기 어렵다. 또한, 그 계획이 인류에 긍정적 영향을 줄지 부정적 영향을 줄지는 아직 알 수 없다.

내가 본 300년 후 미래의 나는 네모난 관 속에 누워 생명 에너지를 충전받는 모습이었다. 이 장면은 2011년에 개봉한 미국 영화 〈인 타임In Time〉의 줄거리와 닮아 있다. 그 시기의 인류는 여러 계급(신분)으로 나뉘어 있으며, 일부는 뇌를 제외한 신체 기관 대부분이 합금으로 이루어진 합성 인간들이다. 그때는 외계인과 AI로 무장된 인간이 공존하는 시대가 된다. 고장 나거나 교체가 필요한 장기는 허가에 따라 교환이 가능하다. 300년 후의 지구는 자연재해로 인해 현재와는 전혀 다른 환경을 가지며, 생존한 지구인들은 특수한 돔 형태의 구조물에서 생활한다.

현재 개발되고 있는 AI는 인간의 능력과 한계를 초월하는, 상상할 수 없는 무한한 능력을 가지고 있다. 이 강력한 힘이 인류에게 어떻게 사용될지 조율하는 일은 이를 개발한 과학자들의 몫이다. 영화 〈터미네이터〉에서처럼, AI가 만든 기계 세상에서 인간이 지구에 해를 끼치는 존재로 간주되어 AI에 의해 사라질 것이라고 예측하는 과학자들도 있다. 그러나 나의 리딩에서 본 AI의 미래는 그렇게 두렵고 불행한 모습만을 암시하지는 않는다.

나는 AI가 과학의 선물로 지금 이 시대에 활성화된 이유 중 하나가, 어쩌면 지구 인류에게 선과 악을 선택할 마지막 기회의 시간을 제공하기 위해 더 높은 차원의 존재가 던져준 숙제일 수 있다고 생각한다. 지구는 점점 더 많이 오염되고 있으며, 기후변화와 대지진 등 자연재해는 해마다 증가하고 있다. 이러한 어려움 속에서 AI는 지식의 집약체로서 인류가 지구를 보호하고 지속적으로 살아가도록 도움을 줄 수 있는, 외계에서 온 미래 과학일지도 모른다.

인간에게는 '자유의지'라는 것이 있다. 이는 선과 악을 선택하는 데 있어서 가장 중요한 부분이다. 인류의 역사는 악한 선택을 한 시기가 있었음에도 불구하고, 더 많은 선한 자들의 믿음과 의지로 이어져왔다. AI는 인간이 미처 알아차리지 못한 더 많은 지식과 발전을 제공할 수 있다. 그러나 동시에, AI가 인간의 이기심을 채우기 위한 부정적 도구로 사용될 위험도 존재한다. 이는 마치 뱀이 물을 마시면 독을 만들고, 젖소가 물을 마시면 우유를 만드는 것과 같다.

결국 AI를 어떻게 활용하느냐는 인류의 자유의지에 기반한 선택과 판단에 달려 있다. 따라서 AI를 사용하는 데는 도덕과 윤리에 대한 기본적인 교육이 전제되어야 한다. 모두가 선한 마음과 의지를 가진다면, AI는 인류에게 보물과 같은 역할을 할 것이다. 만약 지구 멸망설이 실제로 진행된다면, 그때 AI는 인류에게 다른 차원의 우주로 나아갈 수 있는 구원과 생존 방법을 제시해줄 것이다.

어느 SF 영화의 마지막 장면이 인상 깊어 소개한다. 〈맨 인 블랙〉이라는 영화는 외계인들이 지구에 이주하거나 여행해 지구인과 함께 살아간다는 내용이다. 영화의 3편에서는 미래의 나쁜 결과를 바꾸기 위해 인류를 도와주는 초월적 존재의 조력자가 등장하며, 시간 여행을 통해 미래를 바꾸려는 사건들이 펼쳐진다. 마지막 장면에서는 모든 사건이 마무리되고 두 주인공이 카페에서 대화를 나눈다. 주인공이 자리를 떠나면서 그냥 나가버리는데, 그 순간 지구를 돕던 조력자는 몹시 당혹해한다. 같은 시간, 우주에서는 소행성이 무서운 속도로 지구를 향해 다가오고 있었다. 그때 주인공이 갑자기 카페로 되돌아와 "팁을 안 주고 갔다"며 팁을 놓고 간다. 그 순간 인공위성이 소행성의 궤도에 진입해 충돌하고, 인공위성의 파괴로 인해 지구는 소행성과의 충돌이라는 대재앙을 피해가게 된다.

이 장면은 미국인에게 팁을 잘 주라는 미국 문화적 맥락에서 재미있게 해석될 수 있지만, 나에게는 또 다른 의미로 다가왔다. 우리가 행하는 작은 선행들의 에너지가 모이면, 내일 다가올지도 모를 지구의 위기를 구할 수 있을지도 모른다는 것이다. 한마음선원의 대행 큰스님께서 생전에 말씀하셨던 것처럼 말이다.

"한반도에 전쟁의 위기가 있으니, 마음이 밝은 자들은 매일 밤 촛불을 켜고 일심으로 기도하라. 그러면 나라가 처한 위기를 피해 갈 수 있을 것이다."

그 덕분일까? 다행히 아직 한반도에 전쟁이 일어나지 않았다. 인간은 때때로 스스로를 이해하지 못할 정도로 마음과 생각이 불분명하다. 그러나 어떤 상황에서도 자유의지에 의해 '선한 의지'를 선택한다면, 인류의 미래는 긍정적인 방향으로 나아가고 부정적인 결과를 피할 수 있을 것이다.

내 책《당신, 전생에서 읽어드립니다》에서 '미륵불'에 대해 언급한 적이 있다. 미륵불은 '미래불'의 변형으로, 미래에 올 부처님을 뜻한다. 그러나 미륵불은 특정한 존재로 고정되어 있는 것이 아니다. 누구나 마음을 닦고 선한 의지를 행하다 보면, 미륵불이 가르치는 우리 안의 미륵불을 만날 수 있다. 기독교의 예수 재림설도 같은 맥락에서 생각할 수 있다. 예수가 죄 많은 인류를 대신하여 죽어간 그 상상할 수 없는 큰 사랑을 우리가 깨닫는다면, 꿈속에서라도 우리는 빛의 천사로 그분을 만날 수 있을 것이다. 우리가 이웃을 위해 선한 마음과 착한 행동을 실천하며 서로 사랑하는 삶을 살아간다면, 더 이상 전쟁은 일어나지 않으며, 지구는 어쩌면 가까운 미래에 다가올지도 모를 종말을 피해갈 수 있을 것이다.

AI도 마찬가지다. 나쁜 의도로 활용된다면 악마의 도구가 될 수 있고, 지구와 인류를 파괴하는 무서운 무기가 될 수 있다. 그러나 많은 이들이 평화를 위해 노력하고 지구를 더 살기 좋고 아름다운 행성으로 만들고자 하는 의도와 방향성에서 AI를 활용한다면, AI는 신이 주신 천사의 도구가 될 수 있을 것이다.

1월 8일은 갈릴레오 갈릴레이가 세상을 떠난 날(1642년)이자 스티븐 호킹 박사의 생일(1942년)이다. 정확히 300년의 시차를 두고 우리의 세계관을 바꾼 두 명의 위대한 천재가 죽고 태어났다. 또한, 3월 14일은 위대한 과학자 알베르트 아인슈타인의 생일(1879년)이자 스티븐 호킹 박사의 사망일(2018년)이다. 이러한 우연의 일치에는 어쩌면 우리가 알지 못하는 신의 계획이 숨어 있을지도 모른다. 그들의 천재성은 신과 인간의 중간 단계에서 메시지를 전달하려는 영적 사명에서 기인했을 수 있다. 그들은 인류의 존재를 지구에 보전하려는 신의 조율자일지도 모른다.

스티븐 호킹 박사는 21세의 젊은 나이에 루게릭병이 발병해 평생을 전신마비 상태로 살았다. 그의 운명을 영적으로 보면, 이는 그가 자신의 카르마나 잘못이 아니라 신의 뜻으로 인해 육체가 마비되어 신의 메시지를 전할 수 있게 된 것이라고 리딩에서는 말한다. 육신의 마비로 인해 에너지 대부분이 머리에 집중되었고, 인체의 상위 부분인 백회혈百會穴과 연결된 송과체松果體가 활성화되면서 호킹 박사의 천재성은 신의 대리인 역할을 하게 되었다. 내가 본 호킹 박사의 영혼이 머물고 있는 영적 공간에는 그의 업적에 대한 기록이 비문처럼 세워져 있었다. 그 기록에는 이렇게 적혀 있었다.

"지혜 신神의 가족인 호킹은 인류에게 우주적 지혜와 지식을 알리기 위해 지구에 온 영혼이었다. 그는 인류의 어둠을 밝혀주는 등대의 횃불 같은 존재였으며, 그의 영혼은 이번 생을 마지막으로 다시는 육체로 환생하지 않는다. 그가 우리에게 남긴 헌신적인 노력과 수고는 인류의 발전을 수 세기 앞당긴 놀라운 업적이다. 그는 지구에서 세 번 환생했으며, 한 번은 17세기, 또 한 번은 19세기, 마지막으로 20세기였다."

인류가 서로 다투며 전쟁을 통해 에너지를 낭비하는 것은 실로 어마어마하다. 만약 그 에너지를 선한 일에 사용한다면, 인류의 문화는 고도의 외계 문명보다 더 위대하고 찬란해질 수 있다. 앞으로의 시간 속에서, 이 천재들은 자연 재앙과 AI에 지배될지도 모르는 위기의 지구를 구하기 위해 다시 태어나 미래 지구를 지키는 파수꾼이 될 것이다.

20

나는 어느 별에서 왔습니까?

우리의 영혼은 우주 안에서 이동을 반복합니다

"나는 어느 별에서 왔습니까?" 하고 묻는 사람들이 있다. 너무나도 궁금해하는 그들의 진심 어린 눈빛을 보면 어쩔 수 없이 눈을 감고 그 물음에 대한 답을 찾으러 나선다.

내가 별을 찾으러 가는 이유는 예전에 읽은 플라톤의 《티마이오스》의 한 구절 때문이다. 이 책에서 플라톤은 "지구에서의 생을 무사히 마치면 자신의 고향별로 되돌아갈 수 있다"고 말하는데, 그 말이 나에게 깊은 감동을 주었다. 플라톤의 말처럼, 지구별에 태어날 때 세웠던 영적 약속과 숙제를 충실히 이행한 사람은 다시 고향별로 돌아가서 행복하고 평안한 영생(천국)을 누릴 수 (갈 수) 있을까? 《티마이오스》에서는 윤회 사상과 닮은 이야기를 많이 다룬다.

"창조주는 별마다 영혼을 하나씩 만들어주었다. 영혼들은 감각하고 사랑하고 두려워하고 분노할 줄 안다. 만약 어떤 사람이 훌륭한 마음을 가지고 정의롭게 살면, 그 영혼은 원래 자신의 별로 돌아가 영원히 행복하게 살 수 있다. 그러나 쾌락과 고통으로 뒤섞인 애욕을 동반한 감정을 제압하고 극복하지 못하는 사람이 있다. 그런 사람들은 자신의 욕망에 따라 부적절한 행동과 마음을 가지고 올바르게 살지 못하게 된다. 그렇게 악하게 살면 고통이 그치지 않는 차원에 다시 태어날 것이다. 그럼에도 여전히 악행을 멈추지 않는다면, 그 타락의 방식에 따라 비슷한 짐승으로 태어날 것이며, 더 타락하게 되면 나중에는 불, 물, 공기, 흙까지 더해진 엄청난 덩어리(카르마: 저자 해석) 같은 형태로 태어나 이성이 결여된 존재가 될 것이다."•

지구가 속한 은하계에는 약 2,000억 개의 별••이 있다고 추정된다. 지구의 북반구에서 가장 잘 알려진 별자리 중 하나는 오리온자리다. 가을에 잘 관측되는 카시오페이아자리는 W 모양을 하고 있다. 사자자리는 대각선으로 연결되어 사자의 형상을 하고 있으며 봄철에 잘 관측된다. 남쪽 하늘에서는 네 개의 밝은 별로 이루어진 십자가 모양의 인디언자리가 아름다운 모습을 보여준다. 태양이라는 별은 다른 별들과 함께 에너지와 빛 등으로 지구에 사는 모든 생명체의 생존에 엄청난 영향을 미친다. 이런 이유로 인간이 하늘의 별들과 깊은 연관성을 가지고 있다고 해도 크게 틀린 말은

• 플라톤, 《티마이오스》, 김유석 옮김, 아카넷, 2018, pp.71~72.

•• 이런 은하계가 또다시 저 너머에 약 2,000억 개 정도 있다고 한다. 우리가 사는 태양계와 지구는 이 은하계의 극히 일부에 불과하다.

아닐 것이다.

리딩을 통해 보면 별자리별로 공통점이 발견된다. 고향별에 따라 성격이나 성향이 다르다는 점이다. 80대 남성의 리딩이다.

전생에 그는 고려시대에 스님이었으며, 일본 황궁의 천관으로 신궁에서도 살았다. 리딩은 그가 또 다른 생인 임진왜란 때 일본의 스님으로 살며 조선 침략 전쟁에 참여했던 부적절한 살생의 카르마를 아직도 지니고 있다고 했다. 그래서 다음 생에 한 번 더 대한민국을 위해 봉사하며 수고해야 한다고 말했다. 그는 카시오페이아자리의 별에서 온 영혼이었다.

자신의 별자리에 대한 이야기를 듣자 그는 주름 가득한 두 눈을 지그시 감으며, 자신이 죽으면 고향별로 돌아갈 수 있는지를 물었다. 그는 평소에 주역과 불교 경전에 관심이 많았다고 한다.

카시오페이아는 북극성을 중심으로 북두칠성과 대칭점에 위치한 별자리다. 우리나라는 북두칠성의 영향을 많이 받아왔으며, 북두칠성은 동이족의 역사와도 깊이 관련되어 있다. 《환단고기桓檀古記》는 한국 고대사에 대한 중요한 기록을 담고 있는 고사서古史書이다. 동이족에 관한 이야기는 신화나 전설로 전해지지만, 《동이족의 숨겨진 역사와 인류의 미래》라는 책에서는 한민족의 뿌리인 동이족이 인류 문명의 시조였고, 앞으로의 지구 미래에 대한 책임을 갖고 있다고 주장한다.

현재 지구는 대변화의 시기에 접어들었으며, 자연환경의 파괴로 매우 위험한 상황에 처해 있다. 따라서 다가올 대재앙에 대비하고 이를 극복하기 위한 준비가 필요하다. 리딩 의뢰자 중에는 영적인 지식과 경험을 가진 사람들이 많다. 그들은 한국이 미래에 새로운 정신문명의 발상지가 될 것이라는 자부심을 가지고 있다. 또한 저마다의 방법으로, 위기에 처한 지구의 운명을 구하기 위해 기도와 명상을 통해 긍정의 에너지를 담아내고 있다고 한다.

리딩을 듣고 있던 그 80대 남성도 자신이 머무는 산채에서 매일 밤 국운이 빛나기를 기원하며 천상기도를 올리고 있다고 전했다.

또 다른 사례로, 갓 결혼해 임신한 어느 예비 어머니의 리딩에서는 그녀가 고향별인 오리온자리에서 온 영혼이라고 했다.

그녀는 전생에 그리스 아테네의 신전에서 물을 이용해 정원을 가꾸고, 꽃을 신전에 바치는 역할을 했다. 그리고 시리아의 생에서는 가난한 집안의 아들로 태어났다. 아버지는 어부였지만 바다에서 풍랑을 만나 집으로 돌아오지 못했고, 홀로 남은 어머니는 가난 속에서 어렵게 아들을 키웠다. 또 다른 생에서는 네덜란드에서 여성으로 태어나 귀족 집안의 자녀들을 가르치는 교사로 살았다. 리딩은 현재 그녀가 임신한 아이가 시리아의 생에서 그녀를 낳아준 어머니의 영혼이라고 했다. 아이를 훌륭하게 키워 인연에 대한 보답을 완성하고, 현생에서 착하고 진실하게 살면 고향별로 돌아갈 수 있을 것이라고 했다.

그리스 신화에 따르면, 오리온은 바다의 신 포세이돈의 아들이었다. 그는 사랑 때문에 비극적인 죽음을 맞았고, 그를 위로하기 위해 제우스가 오리온을 밤하늘의 별자리로 만들어주었다고 한다.

사자자리에서 온 영혼들은 운동선수나 화려한 직업에 있는 사람들의 리딩에서 자주 나타난다. 이들은 스스로에 대한 확신이 강하며, 일에 대한 추진력과 완성에 대한 자부심, 그리고 의지가 매우 강하다. 일례로 운동선수(킥복싱)를 아들로 둔 어머니의 리딩이 있다.

그녀는 전생에 로마의 검투사들을 관리하는 투기장 관리인으로 살았다. 당시 어느 검투사가 목숨을 건 혈투에서 간신히 살아남았지만, 심각한 부상을 입어 숨만 겨우 붙어 있는 상태였다. 투구를 벗기자 앳된 청년의 얼굴이 드러났고, 관리인은 그를 보자 고향에 두고 온 어린 동생이 떠올랐다. 그는 검투사를 친동생처럼 돌봐주었다. 리딩에 따르면, 지금의 아들이 그때 돌봐주었던 검투사이며, 그 은혜를 갚기 위해 이번 생에서 아들로 와서 어머니에게 좋은 역할을 할 것이라고 했다.

이 이야기를 들은 어머니는 고개를 끄덕이며 묘한 미소를 지었다.

인디언 별자리에서 온 영혼들은 말 그대로 전생에 아메리카 대륙에서 인디언 부족으로 살았던 경우가 많다. 또는 원주민을 돕기 위해 아메리카 대륙으로 간 성직자의 전생을 가진 사람도 있다. 이들의 공통된 특징은 일에 대한 노력과 열정이 매우 크다는 것이다.

대학병원에서 근무하는 어느 간호사의 리딩에서 그녀는 전생에 인디언 부족의 치유사였다. 그 삶에서 각인된 무의식적 사고 때문인지, 그녀는 현대 의학을 배웠음에도 대체의학, 점성술, 또는 민간요법에 더 큰 관심을 가지고 있었다. 그래서 그녀는 어느 시기가 되면 대체의학을 공부하려고 준비하고 있다고 말했다.

또 다른 사례에서 30대 초반의 한 남성은 전생에 이집트에서 왕족들의 미라 제작자였다. 이집트문명에서는 사후세계와 부활에 대한 믿음 때문에 죽은 자의 몸을 붕대(아마포)로 감아 보관했다. 또한 영혼이 사후세계로 떠나간 후에도 시간이 지나면 육신이 있던 곳으로 돌아와 다시 살아날 것이라고 믿었다. 현재 종교재단에 근무하며 장례지도사의 길을 준비하고 있다는 그는, 자신의 직업적 선택에 대해 많은 부분에서 수긍이 간다고 했다. 그는 평소에 관심을 두고 공부하고 싶었던 분야에 대해 가족들의 반대가 많아 속상했지만, 이제는 자신이 선택한 직업에 대해 은근히 자부심을 느낀다고 말했다.

이 광대하고 광활한 우주에는 수억, 수천만 개의 별들이 존재한다. 만약 우주의 다른 별에 또 다른 내가 살고 있다면 얼마나 신기할까? 주먹은 하나이지만 손을 펴면 다섯 개의 손가락이 드러나는 것처럼, 리딩으로 살펴본 영혼의 삶에는 원래 하나였지만 각

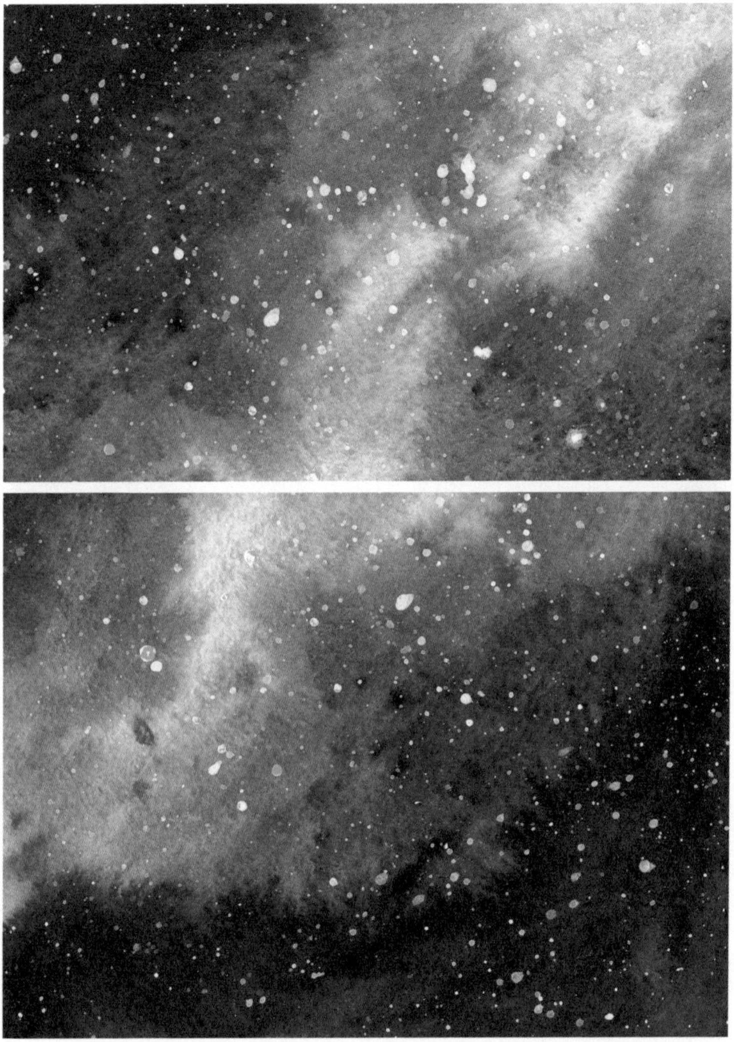

우리는 지구에서의 생을 무사히 마치면 자신의 고향별로 되돌아갈 수 있습니다.

손가락처럼 나와 함께 살아가는 또 다른 내가 있을 수 있다.

엄지로 살아가는 영혼은 리더십이 강하고 사회적으로 성공한 사람일 수 있지만, 가장 작은 손가락인 소지는 비록 가난하고 초라할지라도 누군가에게 사랑과 신뢰, 약속을 상징하는 중요한 역할을 한다. 우리가 지구에서 어떤 삶을 살든, 비록 그 삶이 초라해 보일지라도, 또 다른 차원에서는 내가 재벌이거나 왕처럼 살고 있다면 그것만으로도 큰 위로가 될 수 있지 않을까? 이 지구의 삶에서 내가 어떤 것을 양보함으로써 또 다른 내가 최고로 행복하게 산다는 사실을 알게 된다면, 그것은 우리에게 작지 않은 위로가 되어줄 것이다.

21

나무와 숲에 깃든 영혼은 어떤 존재들입니까?

식물의 영적 에너지와 연결된 우리를 보았습니다

지구에는 약 3조 개 이상의 식물이 자라고 있으며, 그중 나무는 7만 3,200종 정도이다. 이들은 지구의 녹색 허파를 형성하며, 기후의 완충 장치 역할을 한다는 점에서 중요하다. 숲과 나무는 다른 동식물들에게 서식지와 열매를 제공하며 생태계를 지탱하는 중요한 요소이다.

사람이 호흡을 통해 생명을 유지하듯 지구도 수많은 식물, 즉 '지구의 허파'가 있어야 살아갈 수 있다. 그러나 현재 인간이 초래한 환경파괴로 인해 지구의 허파는 숨을 쉬지 못하고 비틀거리며 죽어가고 있다. 생태계의 파괴는 결국 인류의 멸망과 직결된다. 지금까지는 풍부하고 다양한 식물들 덕분에 지구의 생존이 유지되어 왔으나, 이러한 균형은 점점 깨지고 있다.

지구는 수억만 년 전 뜨거운 액체 상태였으나 점차 식어가며 생명체가 살 수 있는 환경이 조성되었다. 지구 내부에 존재하는 위대한 힘의 에너지가 지구를 푸른 행성으로 변화시켰다. 나무들은 열매를 맺었고, 다양한 종류의 나무들이 하늘을 찌르듯 높이 자랐다. 숲과 나무는 식용식물과 꽃들이 자라기에 적합한 환경을 제공했으며, 모든 것은 저마다의 계획에 따라 성장했다. 태초의 인류 조상이 등장한 시기는 식물들이 존재하기 시작한 때보다 훨씬 후로, 그때의 자연환경은 창조주의 은혜와 축복 같은 선물이었을 것이다.

사람들은 식물과 함께 있을 때 가장 행복하고 편안한 기분을 느끼는데, 이는 식물들이 발산하는 영적 충만감과 심미적 진동을 사람들이 감지하기 때문이다. 아리스토텔레스는 식물에게도 영혼이 있다고 주장했으며, 시인과 철학자들은 식물이 살아 숨 쉬며 상호 교감할 수 있는 존재, 즉 혼과 개성을 부여받은 창조물이라고 말했다. 근대 식물학의 아버지라 불리는 17세기 스웨덴 식물학자 칼 폰 린네Carl von Linné(1707~1778)는, 식물이 동물 또는 인간과 다른 점은 단지 움직임이 없다는 것뿐이라고 주장했다. 20세기 스위스 식물학자 라울 하인리히 프랑세Raoul Heinrich Francé(1874~1943)도 식물들이 고도로 진화된 동물이나 인간처럼 자유롭고 우아하게 움직인다고 말했다. 다만, 그 움직임이 인간에 비해 너무 느리기 때문에 우리가 인식하지 못할 뿐이라고 했다.

내가 전생 리딩을 본격적으로 하기 전, 전생 퇴행을 위한 최면 사례에서 한 의뢰자는 "태어나기 직전에 당신의 영혼은 어디에 있었습니까?"라는 질문에 자신의 부모가 사는 동네나 마을 뒷산의 나무와 숲, 또는 풀 속에 있었다고 답하기도 했다. 또 다른 사람은 현생에 태어나기 위해, 자신이 태어난 고향 마을의 수호목인 당산나무에 오랜 세월 머물렀다고 말하기도 했다.

어느 지방 도시에서 큰 수목장樹木葬 사업을 운영하는 한 사업가의 리딩을 소개하겠다. 그는 선대로부터 울창한 숲이 있는 산을 물려받았는데, 수목장 사업을 시작하게 된 계기는 반복해서 꾸었던 꿈 때문이라고 했다. 오래전으로 느껴지는 꿈속에서 넓은 벌판에 수많은 시체가 늘어져 있었고, 그 한복판에는 남성이 슬퍼하며 기도하는 모습이 보였다. 꿈속에서 그 남성이 자신이라는 강렬한 느낌을 받았다고 했다. 그가 꿈에서 보았던 수많은 주검은 누구에게도 도움을 받지 못하고 비바람 속에서 사라져갔다.

리딩에서 그의 전생은 십자군 전쟁 당시 많은 이교도를 죽였던 프랑스 귀족 출신의 기사단장이었다. 그는 성전聖戰이라는 대의명분을 내세워 수많은 살생을 저지르며 카르마를 지었다. 리딩에 따르면, 현생에서는 그 영혼들을 위한 삶을 살아야 한다는 메시지가 그에게 전해졌다.

그때의 전쟁에서 그는 지휘관으로서 수많은 살생을 저지른 후 주검을 수습하지 못한 채 기도만 하고 그 장소를 떠났다. 그래서 현생에서는 수목장 사업을 통해 영혼들의 안식처를 제공함으로써, 과거에 종교 전쟁에서 희생된 이들의 죽음에 대해 일종의 보상을 하고 있는 것은 아닐까?

우주공간에는 인간의 육체뿐만 아니라 더 높은 파동수의 여러 에너지체가 동시에 존재한다. 그리고 그 에테르체(육체를 관리하는 에너지장)가 있는 공간에는 육체와 함께 모든 존재가 가진 파동수가 함께하고 있다. 양자역학에서는 세상의 모든 물질이 입자적 특성과 파동적 특성을 동시에 가진다고 말한다. 그러나 그 이중성에 대해서는 설명하기 쉽지 않다. 이러한 신비롭고 기이한 현상은 양자역학에서 다루는 가장 중요한 개념 중 하나이다. 우리는 물질의 근본 질료가 입자로 구성된다고 알고 있었다. 그러나 실제로는 파동의 특성도 함께 가지고 있으며, 그 파동의 영향을 주고받으며 에너지를 발산한다. 이 이론•은 1924년 프랑스의 물리학자 루이 드 브로이Louis de Broglie(1892~1987)에 의해 제안되었고, 1927년 미국 물리학자 클린턴 데이비슨Clinton Davisson(1881~1958)과 레스터 저머Lester Germer(1896~1971)의 실험에 의해 증명되었다.

'기氣'의 세계는 눈에 보이지 않지만, 기에 관한 이론은 분명히 존재하는 자연과학의 핵심 이론이다. 이는 앞서 언급한 모든 물체가 가진 파동이 서로 함께 존재하고 있다는 의미다. 우주 만물에 존재하는 모든 것은 물질체이든 비물질체이든 저마다 고유한 진동과 파동을 가지고 있으며, 서로 영향을 주고받으며 공유한다. 이 이론을 확장해보면, 인간 생명체가 식물의 혜택과 도움 속에서 살아왔듯, 죽음 이후에도 우리의 영혼이 나무가 가진 에너지장••

• 모든 물질이 입자적 성질뿐만 아니라 파동의 성질도 가진다는 물질파matter wave 이론을 말한다. 일명 '드 브로이 가설de Broglie hypothesis'이라고도 한다. 이 이론은 입자와 파동의 이중성dual nature을 설명하며 양자역학의 중요한 기반이 되었다.

•• 마이클 탤보트Michael Talbot(1953~1992)의 책 《홀로그램 우주》에는 오라(빛

에 의지할 수 있다고 믿는다.

나무가 가진 생명적 에너지장은 인간의 에너지장과 닮아 서로 연결되어 있다. 이는 인류가 수천 년 동안 나무의 열매를 먹고 살아왔기 때문이다. '수심이화隨心而化'라는 말이 있다. 사람의 생각에 따라 물질이 형상화(상념체)되어 나타나는 것을 의미한다. 리딩은 수목장의 나무에 의지하는 영혼들의 이야기를 '수심이화'의 원리로 해석한다. '생각이 현실을 만든다'라는 앞서 설명한 양자물리학적 이론이 가지는 신념과도 연결되는 표현이다. 즉, 사람의 상념이 나무와 같은 물질에 영향을 미쳐 영혼들이 그 안식처에서 편안함을 찾을 수 있다는 것이다.

나무는 지구의 땅속에 뿌리를 내리고 하늘을 향해 자란다. 어쩌면 나무는 인간에게 우주의 메시지를 전하는 안테나일지도 모른다. 우리나라에는 오래전부터 전해오는 말 중에 '청송청죽 도통지원青松青竹 道通地原'이 있다. 이는 '푸른 소나무와 푸른 대나무 아래에서 큰 깨달음을 얻는다'는 의미를 담고 있다. 이전에 내가 쓴 책

을 발하는 에너지장)를 볼 수 있는 능력을 가진 바바라 브레넌Barbara Brennan에 대한 이야기가 있다. 그녀는 미국 NASA의 대기권 물리학자로 일하다가 나중에 상담가로 전향했다. 그녀는 어릴 적 숲속에서 눈을 가리고도 나무의 에너지를 느껴 나무를 피해 다닐 수 있었다는 사실을 깨달으며 자신의 심령적 능력을 자각했다. 이후 그녀는 인체 에너지장의 변화를 보고 병을 치유하게 되었다.

《당신, 전생에서 읽어드립니다》에서도 밝혔듯이, 나는 달빛이 유난히 밝았던 어느 밤, 산길에서 바위에 비친 나뭇잎 그림자로 형성된 미륵반가사유상을 보고 문득 큰 깨달음을 얻었다. 그 깨달음은 지구의 모든 식물, 즉 나무와 풀이 우리 인간에게 주는 과일과 열매가 신이 우리에게 주는 큰 선물이라는 것이었다. 그 은혜의 가치는 무엇과도 비교할 수 없다. 우리는 흔히 부모의 은혜를 하늘보다 높고 바다보다 깊다고 표현한다. 하지만 신이 만든 자연이 인류에게 준 선물은 그 어떤 말로도 다 표현할 수 없을 정도로 크고 값진 것이다.

나는 리딩 중에 지구의 미래에 대한 예언이나 인류의 삶을 도운 고대의 지혜를 만나기도 한다. 이들은 어떤 형태로든 지구와 관련된 역할을 수행했던 존재들이다. 평소 우주공학에 관심이 많은 어느 성직자의 리딩이다.

그는 전생에서 지구에 있는 나무를 주관하는 정령의 심령적心靈的 존재로 살았던 적이 있었다. 처음 리딩에서 본 그 성직자의 모습은 인간의 형체와 매우 닮아 있었지만, 허공에 떠 있는 작은 빛 덩어리처럼 보였다. 이 존재(빛 덩어리)는 빗물을 따라 내려온 씨앗을 대지에 뿌리내리고 싹을 틔우게 한다. 리딩에서는 인류의 초기 문명이 식물의 성장과 같이 시작되었다고 말한다. 지구에 있는 모든 나무의 조상은 우주에서 날아온 씨앗으로, 이 씨앗이 대기 중에 머물다가 비를 타고 대지 위에 내리면서 시작되었다. 씨앗은 발아發芽를 위해 스스로 영양분을 저장하는데, 그 영양분이 인류 문명의 젖줄이 되었다. 그때 씨앗을 태양의 빛과 열로 성장시키는 역할을 맡은 존재가 있었다. 이 존재가 빛 덩어리 모습을 가진 영기체靈氣體의 형체, 즉 식물의 정령이었다고 리딩은 설명한다.

그 성직자는 다시 기원전 4세기경에 티메스라는 이름을 가진 그리스의 식물학자로 태어나 중앙아프리카나 아마존의 정글에서 새로운 식물 종을 찾으려 했다. 그때 그는 식물도 자신의 성장과 진화를 위해 번식 활동을 한다는 사실을 알게 되었다.

식물이 주위 환경을 인식하고 생명체로서 존재하는 것은 지구의 역사만큼 오래된 일이다. 리딩에 따르면, 식물이 감각기관이 없고 정보를 얻거나 그들만의 언어나 기억이 없었다면 이미 멸종했을 것이라고 한다. 도토리는 참나무에 열리는 열매이다. 자연의 지혜에 따르면, 들판을 스치는 바람은 참나무에게 도토리 열매의 수량을 조절하도록 한다. 바람이 전하는 그들만의 언어를 통해 참나무는 풍년에는 적게 열리던 도토리를 흉년에는 많이 열리게 하여, 사람이나 다람쥐 같은 동물들에게 양식을 제공한다. 그러나 인간은 이러한 초월적 자연의 지혜와 균형을 알지 못한다.

《성경》의 〈창세기〉에 나오는 에덴동산은 하나님이 만든 동산이다. 그곳에서 하나님은 보기 좋고 맛있는 열매를 맺는 온갖 나무를 돋아나게 하셨다고 한다. 그렇다면 하나님은 아담과 이브를 만들기 전에 이미 나무와 숲을 창조하셨다는 뜻이다. 나무의 뿌리는 그것에 대한 설명이 종교적이든 과학적이든, 지구에서의 삶에서는 인간보다 생명의 역사가 길다. 인류 이전에 이미 식물이 존재했으며, 인류는 그 식물의 잎과 열매에 의존하지 않고는 살아갈 수 없었기 때문이다.

만약 지구의 진화를 주관하는 고도의 신적 존재가 있다면, 그 존재는 인간보다 나무와 더 많은 교감을 나누고 있을 것이다. 나무가 인간보다 영적으로 훨씬 진화된 생명체이기 때문이다. 리딩에서는 식물도 인간처럼 슬픔과 기쁨을 느끼는 감정과 감각의 영혼을 가지고 있다고 한다.

고대와 현대의 식물학자들은 식물이 가진 신비롭고 놀라운 차원의 힘에 지대한 관심을 가지고 많은 연구와 실증적 증명을 해왔다. 현대 식물학자들의 생체학적 파장을 통한 연구에 따르면, 떡갈나무는 나무꾼이 다가오면 공포에 질려 부들부들 떨고, 안개꽃은 조용하고 감미로운 클래식과 샹송을 좋아하지만 고함지르는 록 음악은 싫어한다고 한다.

인도의 안나말라이대학교의 식물학 교수인 T. C. 싱T. C. Singh 박사는 식물과 음악의 관계를 연구하는 것으로 유명하다. 그는 식물에 대한 연구에서 의미 있는 결과를 많이 얻어냈다. 그중 하나는 여러 식물군에게 일정 기간 동안 듣기 좋고 편안한 리듬의 음악을 들려준 실험이었다. 결과는 놀라웠다. 매일 해 뜨기 직전에

식물의 세계는 우리가 모르는 우주의 정교한 질서와
초월적 체계와 연결되어 있습니다.

음악을 들려준 나무들(열매를 맺는 식물)은 음악을 들려주지 않은 나무들보다 훨씬 빠르게 자랐다. 음악을 들은 나무들은 잎의 수가 약 72퍼센트 더 많았고, 키도 20센티미터나 더 자랐다.

또한 독일의 식물학자이자 의학 교수 루돌프 야코프 카메라리우스Rudolf Jakob Camerarius(1665~1721)는 식물에 자웅성雌雄性이 있음을 발견했다. 그는 1694년에 출판한《식물의 성에 관하여De sexu plantarum》에서 식물에도 성적인 구별이 있다고 주장했다. 우리가 생물 시간에 배운 암술과 수술이 바로 그것이다. 예를 들어, 옥수수의 비단실 같은 털들은 각각 독립된 난자인 낱알들을 수정시키기 위해 바람을 타고 날아오는 정자를 받아들이는 질膣(자궁 입구)의 역할을 한다. 따라서 옥수수 한 알 한 알은 독립된 수정의 결과이다. 동물이나 인간의 여성과 마찬가지로, 꽃들도 교배기가 되면 강렬한 유혹의 향기를 뿜어내며 수많은 벌, 나비, 새가 그 향연에 참여해 수정을 돕는다. 붉은 장미는 달콤한 사랑의 향기를, 흰 백합은 사람의 마음을 설레게 하는 마법의 향기를 가지고 있다. 17세기 말부터 식물학자들의 연구와 실험적 관찰을 통해, 식물도 화려한 성생활을 하는 성적 생명체라는 인식이 자리 잡게 되었다.

앞의 리딩에서 이어지는 이야기는, 자연이 죽으면 지구도 함께 죽는다는 것이다. 식물의 세계는 우리가 알지 못하는 우주의 정교한 질서와 초월적 체계와 연결되어 있다. 그러나 인간이 이기심과 어리석음으로 환경을 계속 파괴한다면, 어쩌면 정말 지구는 인간을 없애기 위한 대청소 작업에 들어갈지도 모른다.

오늘날 인류는 물질적인 풍요를 얻었지만, 동시에 정신적인 빈곤에 빠졌다. 인간의 내면세계를 무시한 채 물질적 욕망을 추구하면서 우리는 생명의 터전인 지구를 잃어가고 있다. 지구의 허파인 산림을 파괴하고 자연환경을 초토화시키고 있다. 그럼에도 불구하고, 일부 과학자들은 이를 대체하려는 듯 초고도화를 목표로 과학 발전을 위해 연구와 실행에 매진하고 있다.

리딩에 따르면, 이들 과학자의 정신세계에는 그들 자신도 모르게 외계인의 존재가 개입되어 있다고 한다. 이 외계 존재들은 고도화된 물질세계를 바탕으로 초고도 문명을 계획하며, 그 안에 인간을 가두려는 이기적인 의도를 가진 존재들이다. 이미 이러한 외계적 지성 집단이 자신들만의 방식으로 과학자들이 진행하는 '지구 멸망 프로젝트'에 합류하기 시작했다고 리딩은 경고한다.

현 인류의 과학자들이 부단한 노력으로 어떤 놀라운 성과를 이루는 순간이 있다. 그러나 그 중심에는 어쩌면 지구를 점령하기 위해 다른 행성에서 온 외계 존재들이 비밀리에 계획을 함께 진행하고 있을지도 모른다. 지구의 죽음은 자연환경의 죽음과 함께 진행되고 있다고 리딩은 말하고 있다.

22

외계의 존재를
본 적이 있습니까?

우주는 모두
연결되어 있습니다

성性은 단순히 쾌락의 도구가 되어서는 안 된다. 절제되지 않은 성적 일탈은 영혼을 오염시키고 타락시킨다. 에덴동산에서 이브는 뱀의 모습으로 나타난 사탄의 유혹에 넘어가 선악과를 먹는다. 이브를 유혹한 뱀은 사실 쿤달리니Kundalini•를 상징한다. 금단의 열매인 선악과는 인간이 가진 일곱 차크라를 열어주는 우주의 에너지를 가지고 있다. 그런데 차크라가 열리면, 송과선과 뇌하수체보다 생식선이 더 활발하게 에너지의 중심이 된다. 다시 말해, 인간이 성적 욕망에 지나치게 몰두할 가능성이 커진다는 의미다. 우리는 이를 종족 번식의 본능에 따른 자연적 현상이라고 말할 수 있다. 하지만 그 욕망은 순수한 범위를 벗어나 인간 역사의 잘못된 흐름에

• 인간 안에 잠재된 우주 에너지를 의미한다. 산스크리트어인 쿤달리니는 '똘똘 감겨진 것'을 의미하는데, 에너지 형태가 뱀의 모양을 하고 있다. 쿤달리니는 모든 인간뿐만 아니라, 우주 안에 있는 모든 것 속에 잠재된 형태로 존재하는 여성적 에너지이다. 각 개인의 쿤달리니 에너지는 일생 동안 자신 안에 잠재되어 있으나, 대부분의 사람은 이것이 존재한다는 사실조차 자각하지 못하고 일생을 마친다. 몸 안에 잠들어 있는 뱀을 깨우는 것이 수행이고 명상이다.

서 비롯된 부적절한 문제이다. 성 착취나 성적 학대는 인간의 영적 타락과 오염의 주범이 되어 영혼에 부정적인 영향을 미친다.

쿤달리니는 힌두교에서 척추의 기저부, 즉 물라다라Muladhara(자궁)에 위치한 신성한 여성 에너지(샤크티)의 한 형태이다. 쿤달리니는 인간 안에 잠재된 우주적 에너지로, 생명과 영혼의 근원이다. 이 에너지가 존재하면 생명을 유지할 수 있고, 사라지면 죽음에 이르게 된다. 여성은 신이 지상에 창조한 가장 위대한 걸작이자 대단히 중요한 존재이다. 여성은 우주의 창조력이란 축복을 받은 존재이기 때문이다. 세상 만물은 어머니로부터 시작되었다. 그러나 번식에서 씨앗을 갖고 있다는 이유만으로 세상은 남성들에 의해 지배되어왔다. 그래서 지상의 삶에서 여성들이 자신이 가진 카르마••를 다 해결하기 전에는 진정한 행복과 평화를 누리지 못하는 경우가 있다. 하지만 맑고 선한 영혼을 가진 여성은 희생과 봉사, 헌신을 통해 누군가의 어머니이자 아내로서 일생을 마치고 죽음을 맞이한다. 그들은 천국의 계단을 따라 찾아간 영생의 시간

•• 여기서 말하는 여성의 카르마는 일반적인 인류의 업을 말한다. 여성은 감정적으로 섬세하고 직관이 발달해 있으며, 임신과 출산을 경험함으로써 희생과 무조건적인 사랑을 배우게 된다. 여성으로 태어난다는 것은, 남성에 비해 어려운 환경에서 겸손, 인내, 용서 등의 덕목을 배울 기회가 더 많다는 것을 의미한다. 따라서 카르마를 더욱 빠르게 정화하기 위해 영혼이 여성을 선택하기도 한다.

속에서 지복, 즉 영원한 행복을 누릴 수 있다고 한다.

기독교에서는 여성의 원죄를 에덴동산에서 선악과를 따 먹은 이브에 비유하지만, 리딩에서는 인간의 삶에서 영적 단계의 정화와 진보를 위해 남성보다 여성의 삶이 훨씬 중요하다고 말한다. 이는 선한 삶을 살아온 여성이 여러 생의 카르마를 청산하는 데 더 큰 의미를 지닐 수 있다는 뜻이다.

하지만 여기서 우리가 알아야 할 중요한 점이 있다. 영혼에게는 본래 남녀의 성별 구분이 없다는 것이다. 영혼은 남성과 여성 모두를 포함하며, 우리는 어느 한쪽이 아닌 양쪽의 특성을 함께 가지고 있다. 그러므로 여러 생의 삶에서 어떤 생은 남성으로, 또 다른 생은 여성으로 태어나 살아간다. 태어날 때의 성별은 단지 영혼이 필요로 하는 경험을 얻기 위해 남녀로 나뉘는, 육체적 형태의 변형일 뿐이다. 이렇게 해야만 신성과 합일되기 위한 완성된 영적 균형을 이룰 수 있다.

이 세상에 태어나는 남녀 성비는 그 영혼이 필요로 하는 경험에 따라 다르지만, 대체로 반반이라고 한다. 서양의 최면 치료사들의 사례에서도 이 비율에 대한 연구가 이루어졌다. 미국의 임상심리학자 헬렌 웜바흐Helen Wambach(1925~1986) 박사의 연구도 그중 하나이다. 그녀의 피험자들은 현생의 성별과 관계없이 전생 퇴행을 통해 기원전 2000년까지 거슬러 올라갔다. 그때 그들은 50.6퍼센트가 남성, 49.4퍼센트가 여성으로 자신의 성별을 기억하여 뚜

우리 영혼에는 성별의 구별이 없습니다.
남과 여라는 육체의 성별은, 영적인 완성을 위한 형태의 변형일 뿐입니다.

렷한 생물학적 차이를 보여주었다. 피험자들은 주로 미국의 백인 중산층에 속하는 사람들이었다. 그녀의 연구는 세계 역사에 기록된 인종, 계급, 인구분포도뿐만 아니라 오랜 세월에 걸친 복식사服飾史, 식습관, 그리고 그에 따른 도구의 실태까지도 정확하게 보여주었다.

우리의 영혼이 단 한 번의 생으로 태어나 남성 또는 여성으로만 살다 죽는다면, 그 의미의 단순함은 지극히 모순적이고 비합리적일 것이다. 그러나 영혼은 여러 생을 거치며 어떤 생은 남성으로, 또 어떤 생은 여성으로 태어나 살아간다. 그래서 많은 경험을 통해 더 높은 영적 차원으로 나아가는 것이다. 이 지상에서 반복적으로 태어나 영적 조화와 균형을 이루기 위한 기회를 가진다는 것이 더 합리적이지 않을까?

외계인에 대한 리딩에서는, 그들이 독특한 자아만을 가지고 있을 뿐, 인류와 같은 성별의 구분이 없다고 했다. 그들은 설명하기 어려운 특별한 영적 에너지들로 구성된 체들로 이루어져 있었다. 인간은 육체 상태에서 호흡하기 위해 폐가 있어야 하고, 살아 움직이기 위해서는 심장이 필요하다. 하지만 지구를 떠나 다른 공간에 존재하는 외계인들은 인간처럼 고체의 생명체가 아니다. 그들은 인간보다 훨씬 정밀하고 초고도적인 상위 문명을 가지고 있다. 반대로, 더 낮은 수준의 행성에서는 활동하고 존재하기 위해 미개하지만 더 복잡한 육체적 구조가 필요하다. 만약 다른 행성에 외계인이 존재한다면, 일부는 미발달한 상태이고, 일부는 훨씬 더 진보한 초월적 존재일 것이다.

리딩을 통해 수신된 장면에서는, 다른 행성이나 별에서 거주하는 영혼들이 저마다 다양한 발전 단계를 가지고 있었다. 그리고 이 우주에 존재하는 모든 영혼은 각자의 신과 함께 고동치고 있으며, 그 신의 사랑과 빛 안에 존재하고 있다.

어느 젊은 여성의 리딩에서 그녀는 전생에 물질적 육체 없이 순수한 상태로 존재하는 영혼이었다. 그곳은 생각으로만 존재하는 차원의 행성이었다. 이런 행성의 거주자들은 우리가 지상에서 육체 형태로 만나는 영혼보다 훨씬 더 높이 발전한 상태에 있다. 그들의 영혼은 지구에서 수많은 육체적인 삶을 살며 자신을 영적으로 완성한 존재들이다. 그중에는 단 한 번의 육체적인 삶으로 영적 완성을 이룬 영혼도 있다. 그러나 이런 특이한 경우를 제외하고는 한 번의 생으로 자신을 완성한다는 것은 거의 불가능하다.

불교에는 돈오돈수頓悟頓修와 돈오점수頓悟漸修라는 가르침이 있다. 돈오돈수는 '단박에 깨치고 단박에 닦는다'는 뜻으로, 성철 스님은 이 가르침으로 대중에게 수행 방법에 대해 말씀하신 적이 있다. 그러나 카르마의 법칙은 돈오점수에 더 가깝다. 돈오점수는 불교 선종의 수행 방법론으로, 깨달음을 얻었다 해도 점진적인 수행, 즉 점수는 계속해야 한다는 것이다. 과거 생에 지은 카르마의 잘못이 아직 남아 있다면, 그 잘못은 정화하거나 보상하는 방법으로 바로잡아야 한다. 그래서 인간은 윤회와 환생을 통해 그 기회의 시간을 얻는 것이다. 영적 완성이란 모든 사람을 용서하고, 자신을 용서하는 온전한 포용의 마음을 가질 때 이루어진다. 그래야만 은총의 법칙 아래 윤회에서 벗어날 수 있다. 그녀의 리딩은 이러했다.

그녀가 이번 생에 지구에 온 이유는, 영계를 여행하다 예기치 않은 사고로 잃어버린 사랑하는 친구를 찾기 위해서라고 리딩은 말했다. 리딩으로 살펴본 그 친구의 영혼은 지금 우주에서 미아처럼 떠돌고 있었다. 그 친구를 다시 만날 방법은 그들이 속해 있는 상위 그룹의 존재들에게 도움을 청하는 것이라고 한다. 그들은 천상의 프로그램을 알고 있기 때문이다. 리딩에서는 그들이 허락하면 그 정보를 공유할 수 있다고 말했다.

공유받은 정보에 따르면, 그녀가 지구별에 태어나면 그 친구의 영혼을 만날 수 있다고 했다. 그녀가 이번 생에 지구의 삶을 선택한 것도 이 때문이다. 그녀가 지구별에서 친구를 만날 방법은 그 친구가 그녀의 아이로 태어나는 것이라고 한다. 그리고 그 자식은 다시 지상에 남아 있는 또 다른 단짝을 찾아 영적 완성을 이룬다고 한다. 앞서 말한 예기치 않은 사고는 그 친구가 오래전 계획한 사건의 일부라고 한다. 친구의 영혼이 그녀의 자식으로 태어날 것이라는 천상의 프로그램을 몰래 알게 되어, 지구별에서 다시 만나기 위해 그런 일이 일어났다고 리딩은 말했다.

리딩이 끝나자, 그녀는 1년에 몇 번씩 우주의 다른 공간에 있는 자신의 모습을 본다고 했다. 그리고 가까운 시일 내에 지금의 남자친구와 결혼하기로 약속했다고 덧붙였다.

내가 리딩으로 아는 범위에서는, 우주에서 인류처럼 육체적 형태를 가진 생명체는 없다. 만약 다른 차원에서 살고 있는 존재들이 있다면 그들이 가진 영적 파동수는 지구의 인간보다 훨씬 높거나 아니면 파충류처럼 낮게 진동한다. 그래서 과학적으로 그들과의 교신은 아직 불가능하다. 그들은 자신들이 가진 순환주기에 따라 자신들이 속한 행성으로 돌아간다. 마치 인간의 영혼이 지구에 환생하는 것처럼 말이다.

나는 UFO가 존재한다고 믿는다. 그 비행체를 직접 본 적이 있기 때문이다. 미국의 요세미티 국립공원에서 저녁 하늘의 아름다운 노을 장면을 찍고 있었는데, 갑자기 UFO가 나타났다. 그 비행체는 수초 동안에 수십 내지는 수백 킬로미터로 짐작되는 거리를 순간으로 이동했다. 그때 내가 느낀 것은 그들은 우리에게 매우 우호적인 생각과 감정을 가진 존재라는 것이었다.

당시 옆에 있던 전문 사진가는 고스트 플레어(유리화면 속 발광체 빛이 난반사되면서 생기는 현상)일 수도 있다고 했다. 그러나 숙소로 돌아와서 다시 찬찬히 살펴본 결과 플레어 현상이 아니었다. 핸드폰 영상에 찍힌 물체는 비행접시가 분명했고 그들은 분명 다른 행성에서 온 존재였다. 그런데 비행접시가 지구의 개념으로 어떤 금속으로 만들어진 것은 아닌 것 같았다. 아직 인간이 발명하지 못한 광학적 구조체라 추측된다. 그래서 그것들은 어떤 특별한 장소나

조건에서만 실재해 보이는 것 같다. 때로는 비행 중인 조종사의 눈에 띄기도 하며, 특별한 경우에는 지표면에 가까이 접근하여 방사선 에너지에서 발견되는 어떤 특수한 흔적을 남기기도 한다.

다음은 70대 남성의 사례이다. 그의 영혼은 내가 리딩을 하면서도 드물게 보는 영적 내공을 지닌 존재였다.

그는 아틀란티스에서 살던 생에서 크게 각성을 이룬, 지혜의 신의 단계에 해당하는 문에 들어갈 정도의 수도자였다. 그런데 어느 날, 자신의 비범함을 과신한 나머지, 영계의 질서 속에서 상위 존재들로부터 허락받지 않은 상태로 유체이탈을 통해 영계 여행을 시도했다. 그러나 그 과정에서 감당하지 못할 정도의 강력한 자기장을 지닌 우주 태풍의 영향으로 우주 미아가 되고 말았다. 우주 법칙에 대한 영식靈識을 넓히려고 시도했던 영계 여행이었으나, 이는 영계에서 금기시되는 일이었다. 그것은 마치 여권 없이 불법적으로 여행을 시도하다가 공항에서 체포되는 것과 같은 의미라고 리딩은 설명했다.

내가 살펴본 그의 영적 단계는 고도의 의식 상태에 도달한 영혼이었다. 그래서 그는 시공간의 간섭을 받지 않고 자유롭게 다른 공간으로 여행할 수 있었다. 하지만 그가 처한 정확한 상황을 담고 있는 페이지는 내가 볼 수도 알 수도 없었다. 분명 거기에는 더 상위적 우주의 법칙에서 금하는, 어떤 법칙을 어긴 일 때문인 것 같았다. 그가 이번 생에 태어난 이유는, 전생에 그가 물질체가 아닌 영기체靈氣體였기 때문이다. 그러나 교만으로 인해 더 높은 차원인 천상계로의 여행이 좌절되었다. 그래서 그는 천상계의 더 높은 영적 공간으로 떠나기 위한 목표를 가지고, 지구에서 준비하고 있다고 리딩은 말했다.

상담이 끝나자 그는 자신이 평생 산속에서 농사를 지으며 산 농부라고 소개했다. 처음에는 산속 사찰에 공부하기 위해 들어갔지만, 그 환경이 맞지 않아 채소를 가꾸는 농부의 삶을 선택했다고 했다. 그러나 밤마다 다른 차원의 공간에 있는 또 다른 자신을 발견했고, 그 장면들이 이해되지 않아 고민했다고 말했다. 리딩에 따르면, 다른 차원을 드나들 수 있을 정도의 영적 감수성이 뛰어난 영혼들은 동시에 여러 차원의 공간에 자신을 투사할 수 있다고 한다.

리딩으로 살펴보면, 우주 저편에 존재하는 외계인은 의외로 많다. 그들 중에는 인류에게 선한 역할을 하는 종족도 있고, 반대로 인류에게 치명적으로 해로운 역할을 하는 종족도 있다. 지금의 시대에서는 각자의 은하계 질서에 따라 그 법칙이 잘 이행되고 있다. 현재의 보병궁 시대는 인류의 영적 각성이 크게 확장되고 활성화되면서 다른 차원의 존재들과 교감이 활발히 이루어지는 황도대의 시기다. 이 시기에는 죽은 자와 산 자의 교신도 증가한다. 앞으로 지구라는 행성에 발생할 사건들에 그들의 역할이나 간섭이 어떤 식으로 작용할지, 그리고 어떤 현상으로 나타날지, 우리가 아직 모를 뿐이다.

23

별과 인간은 어떻게 연결되어 있습니까?

인간의 운명과 오행,
행성의 연결고리를 보았습니다

맑은 밤하늘에 빛나는 별들은 매우 아름답다. 그런데 그 별들이 가지고 있는 주요한 상호작용은 중력에 의해 결정된다. 마치 태양과 달의 중력이 지구의 바다에 파도를 일으키듯이 말이다. 중력은 물체 간 서로 끌어당기는 힘의 기본 원리다. 태양계에 사는 인간도 당연히 별들의 영향을 받는다. 따라서 여기서는 우리에게 큰 영향을 미치는 행성들과 그 관계에 대해 이야기해보려 한다.

사람들은 모두 사주팔자를 가지고 태어난다. 사주명리학은 학문이다. 영적인 사람들이 초자연적인 힘을 빌려 사람의 운명에 대해 말하는 무속인(영매자)과는 다르다. 사주명리학은 그 사람이 세상에 태어날 때의 시점인 연, 월, 일, 시에 근거해 그와 상호작용하는 자연의 이치를 알아본다. 그래서 고대 서양에서는 별자리, 즉 점성학이 서양의 이동移動 문화에 잘 적용되며 발달했다. 동양에서는 음력, 즉 달의 변화에 주목했다.

나를 평생 가르쳤던 스승은 사주명리학을 50년이나 공부했다. 지금은 전생 리딩을 할 때 옆에서 질문을 안내하는 진행자의 역할을 한다. 나는 전생 리딩을 할 때 상대방의 얼굴을 보고 이름만 알지 그 외의 정보는 알지 못한다. 그러나 스승은 리딩 전에 의뢰자가 알고 싶은 질문지를 작성할 때, 그 사람의 사주를 참고로 하는 경우가 있다. 스승은 나와 25년이라는 긴 세월을 함께하면서, 의뢰자가 가지고 태어난 사주팔자가 내가 하는 전생 리딩의 내용과 일치하는 경우가 참 많았다고 했다. 스승은 나에게 이런 말을 자주 했다. "사주팔자는 전생의 성적표이다."

과연 그럴까? 인간은 태양계의 행성인 지구에서 살기 때문에 황도대의 영향을 받는 것은 분명하다. 지구 주위에는 화성, 수성, 목성, 금성, 토성이 있다. 전생 리딩에서 그 별자리와의 관계를 살펴보면 직접적이지는 않더라도 우회적으로 어떤 연결점을 가지고 있는 경우가 있다. 앞서 언급한 별자리별로 사람들의 성향이나 성격이 비슷하다는 점과도 연결된다.

목성의 영향을 받는 사람들은 대체로 정의와 절제에 대한 확고한 기준을 가진 경우가 많다. 그들은 긍정적인 조화를 중시하며, 교만을 허락하지 않는다. 이들은 대체로 온유한 성격을 지니고, 남을 용서하고 이해하려는 노력을 기울이는 영혼들이다. 고전문학에서 목성은 사람들에게 명예, 지위, 명성을 주며, 평안을 가져다주고 가난한 자를 부유하게 해준다고 한다. 또한 병든 자를 치료하고 억압받는 자들에게 자유를 준다고 전해진다. 그러나 어떤 경우에는 정신적인 우월감 때문에 신과 재결합할 수 있다는 영적 오만함을 가진 영혼들도 있다.

어느 40대 남성의 리딩에서 그는 5세기경 인도에서 라마승으로 불법을 공부했고, 14세기 유럽에서 흑사병이 창궐하던 시기에 영국의 수녀로 살았다. 당시 그녀는 자신의 건강을 돌보지 않고 죽어가는 환자들을 간호하다가 결국 자신도 병에 걸려 죽었다. 17세기에는 중국으로 건너가 선교 활동을 했던 프랑스 신부로 살았다.

내가 그의 전생 장면들을 정리해서 설명해주자, 자신의 증조부 때인 조선 말기 천주교 박해 시기에 순교한 집안 어른이 계셨다고 말했다. 그는 현재 종교 단체에 소속된 성직자라고 신분을 밝혔다. 현생에서 그는 기도를 많이 하며, 그 기도 속에서 자신이 전생에 영적인 삶을 살았던 모습을 떠올렸다고 했다. 그는 스스로를 신에게 선택받은 사람이라고 여겼고, 전생 리딩에서 자신이 보통 사람들보다 우월하다는 것을 확인받고 싶어 했다. 그러나 리딩은 그에게 영적 자만을 경계하라고 말했다. 어떤 신분이든 남을 돕고 자신의 이익과 상관없이 선한 행동을 한다면 그 영혼은 큰 진보를 이룰 수 있다. 그러나 자만심은 자신의 진보를 지연시키는 큰 장애물이 될 수 있다는 것을 리딩은 강조한다.

목성의 영향을 받는 사람에 관한 〈마태복음〉(20:20~29)의 구절이 있다. 야고보와 요한의 어머니는 자신의 두 아들이 하늘나라에서 예수의 좌우에 앉게 해달라고 예수에게 요청한다. 이에 예수는 오직 신만이 그런 결정을 할 수 있다고 대답했다.

목성의 영향을 받는 사람들의 장점은 선한 마음과 이타심이 있다는 것이다. 그러나 매우 권위적이고 자존심이 강해 마음에 상처를 쉽게 받는다는 단점이 있다. 주피터Jupiter는 그리스 신화에서 제우스에 해당하는 최고의 신이다. 목성은 유난히 밝고 큰 행성으로, 메소포타미아에서 신 마르둑Marduk의 이름을 얻은 이후 여러 지역에서 신의 이름으로 계승되었다. 신화에서 많은 아내를 둔 제우스처럼 목성도 많은 위성을 거느리고 있으며, 그중 일부 위성의 이름도 제우스의 아내들에게서 따왔다. 중국에서는 목성의 공전 주기가 약 12년이라는 점에서 이를 십이지와 연관 지어 세성歲星이라 불렀다. 또한 도교에서는 대세성군이라 하여 흉신의 대표격으로 가장 두려워하는 존재로 여겼다.

화성의 영향을 받는 영혼들은 불같은 기질과 호전적인 성향을 지닌 경우가 많다. 그래서 이들은 타인과의 관계를 개선하고 마음을 부드럽게 가지기 위해 꾸준히 노력해야 한다. 일상 속에서 우리는 종종 다른 사람에 대해 부정적인 선입견을 가질 수밖에 없는 상황에 놓이는데, 특히 화성의 영향을 받는 사람들이 그러한 경향이 강하다. 만약 자신에게 적의敵意와 같은 감정이 있다면, 명상이나 요가와 같은 방법을 통해 상대방에 대한 이해와 헌신의 마음을 키우려고 노력해야 한다. 그렇게 해야만 이 지구별에서의 삶의 균형이 보다 원만하게 이루어질 수 있다.

30대 중반 남성의 리딩에서, 그는 전생에 로마에서 전쟁포로로 잡혀 온 이민족을 노예로 부리며 작업 현장을 감시하는 책임자였다. 당시 그는 문화와 언어가 다른 노예들을 다루기 위해 성격을 강하게 유지할 수밖에 없었고, 시간이 지나면서 점차 불같이 화를 내고 노예들을 거칠게 다루는 호전적인 기질로 변해갔다. 리딩에서는 그때의 호전적 기질이 현생에서도 나타날 수 있다는 점을 경계해야 한다고 했다.

그는 당시 헬스트레이너로 일하고 있었다. 그런데 이유 없이 갑자기 화가 나거나 공격적인 성격이 나올 때가 있어 스스로도 민망해진다고 했다. 이런 성격으로 인한 잦은 마찰과 다툼 때문에 한 직장에 오래 머물지 못했지만, 헬스장에서는 감정이 격해질 때마다 운동을 통해 마음의 평온을 찾을 수 있어 이 직업을 선택하게 되었다고 했다.

화성의 영향을 받는 영혼들은 스스로 진보하기 위해 그러한 감정을 고요한 생각으로 대체하도록 노력해야 한다. 이는 매우 힘든 과정이지만, 이를 잘 이겨낸 영혼은 다음 발전 단계로 나아가 다른 행성으로 가는 길을 찾을 수 있다. 화성의 영향을 받는 사람들의 장점은 어떤 일이든 성취하고자 하는 강한 추진력과 공격적인 마인드가 있다는 것이다. 그러나 단점은 그런 일을 진행하는 과정에서 쉽게 포기하고, 스스로에게 실망해 좌절감을 느끼기 쉽다.

화성은 태양계의 네 번째 행성이다. 표면이 철의 산화로 인해 붉은색을 띠기 때문에 동양권에서는 불을 뜻하는 '화火'를 써서 화성 또는 형혹성熒惑星이라 부르고, 서양권에서는 로마 신화의 전쟁의 신 마르스Mars의 이름을 따 마스Mars라 부른다.

다음은 수성이다. 수성의 영향을 받는 영혼들은 대체로 용기가 있고, 삶의 의지가 강하다. 그들 중에는 지극한 신앙심을 가지고, 한 번의 생애에서 과거 생의 모든 카르마를 청산하겠다는 종교적인 결심을 하는 사람들도 많다. 그러나 자신의 어떤 잘못을 깨닫는 순간부터, 진보 과정에서 일어나는 일련의 사건들이 전달하는 메시지(반성)나 교훈(참회)을 알아차리는 공부나 수행을 하는 것이 중요하다. 이를 깨닫지 못하면 지나친 죄의식과 자책감에 사로잡혀 정서적으로 불안정한 삶을 살게 될 수 있다.

평생을 교육자로 살아온 60대 남성의 리딩에서, 그는 프랑스에서 귀족 가문에서 태어났지만 성인이 되자 일찍이 성직자의 길을 찾아 봉쇄 수도원에 들어가 평생 기도하며 살았다. 또한 티베트에서는 히말라야 설산에서 수행하는 출가자의 삶을 살았다. 그는 여러 생에 걸쳐 수도사나 출가 수행자로 살아온, 영적으로 매우 각성된 영혼이었다. 경쟁하고 다투며 살아가야 하는 세속의 삶은 그에게 맞지 않았다. 그래서 그는 세속적 삶을 낯설어했고, 혼자 있는 시간을 더 많이 가졌다. 삶 자체가 어색하고 서툴러, 이러한 마음의 미숙함 때문에 매사를 어렵게 느끼고 난처해하는 경향이 있었다.

수성의 영향을 받는 사람들의 장점은 매사에 신중하여 실수를 줄이려는 조심성이 있다는 것이다. 그러나 단점은 어떤 행동의 결과가 항상 자신의 책임감 부족으로 인한 것이라고 생각해 스스로를 괴롭히고 외로움을 느끼는 경우가 많다. 수성은 태양계에서 태양에 가장 가깝고 가장 작은 행성이다. 수성은 관측이 어려워 한 번 보면 운이 좋아 장수할 수 있다는 민담이 있다. 그래서 한자로 '물 수水'가 아닌 '목숨 수壽' 자를 써서 수성壽星, 즉 장수의 별로 불리기도 한다. 수성의 영향을 받는 영혼들은 장수하는 경우가 많다.

금성의 영향을 받는 영혼들은 남을 위한 봉사에 힘쓰며 이타심이 많다. 또한 인내심과 기다림의 미덕을 갖추고 있어, 다른 사람들에게 긍정적인 영향을 미칠 수 있는 에너지를 지닌 경우가 많다. 그들의 영적 단계를 살펴보면 부드럽고 평온한 성격을 가진 사람들이 대부분이다.

한의대를 지망하는 20대 초반 여성의 리딩에서, 그녀는 전생에 그리스 신전에서 물과 나무뿌리, 씨앗 등을 이용해 사람들을 치유하던 신관이었다. 당시 그녀는 하위 신관 계급으로, 환자들에게 직접 처방을 내리는 위치는 아니었으나, 신전을 찾는 병자들을 누구보다 헌신적이고 진심으로 돌보았다. 그녀는 신전의 약초 정원과 밭에 물과 비료를 주며 정성으로 가꾸었고, 그 식물들이 자신의 기도와 함께 치유의 에너지를 발휘하기를 빌었다.

그 후 그녀는 자신이 원하던 대학교에 합격하여 한의사가 되었다. 만약 누군가가 부적절한 카르마로 인해 병을 앓고 있다면, 금성의 영향을 받는 의사에게 도움을 받으면 치유 효과가 더욱 좋을 수 있다. 이는 금성이 완전한 사랑의 행성이기 때문이다. 금성의 장점은 희생적인 정신과 남을 위해 봉사하는 진실한 마음에 있다. 그러나 단점은 친절함을 가지고 남을 진정으로 용서하려 노력하는 반면, 자신에게는 지나치게 엄격하여 스스로를 고립시키고 마음의 병을 키울 수 있다는 점이다.

금성金星은 태양계의 두 번째 행성이다. 그 명칭은 오행 중 하나인 '금金'에서 유래했으며, 태백성太白星으로도 불린다. 금성은 출현 시간에 따라 다른 이름으로 불리는데, 저녁 무렵에 나타나면 장경성 또는 개밥바라기라 하고, 새벽 무렵에는 샛별 또는 명성이라 불렀다. 서양에서는 그리스 신화의 미美를 상징하는 이름을 따라 비너스Venus라 부른다.

토성의 영향을 받는 영혼들은 토성이 지구처럼 태양과 달의 영향을 많이 받기 때문에, 매우 현실적이고 계산적인 사고력이 뛰어난 경우가 많다. 그들은 어떤 이익을 위한 일을 진행할 때도 대체로 균형 있는 관계를 유지하려 노력하며, 그로 인해 다른 사람들로부터 신뢰와 믿음을 주는 정직성을 지니고 있다. 또한 항상 높은 목표를 세우고, 그 목표를 성취하기 위해 꾸준히 노력한다. 목표가 달성되면 많은 사람에게 신뢰를 줄 수 있는 리더십을 발휘하기도 한다. 그래서 자신이 가지고 태어나는 운기의 흐름만 맞으면, 한 분야에서 존경받는 인물이 될 수 있다.

어느 대기업에 다니는 40대 여성의 리딩에서, 그녀는 16세기 영국에서 유대인 남성으로 태어났다. 당시 그녀는 귀족 가문의 재산 관리와 회계 업무를 총괄하는 회계사로 일했다. 어린 시절부터 금전에 관련된 일을 하던 아버지의 영향을 받아 숫자에 유달리 해박한 지식을 지니고 있었기에, 성인이 되어 주위의 추천을 받아 귀족 가문의 재산 관리인이 되었던 것이다.

현생에서 그녀는 집안 형편으로 인해 대학교에 진학하지 못하고 상업고등학교를 졸업했으나, 뛰어난 두뇌와 숫자 감각 덕분에 대기업에 취업하여 상당한 직급에 올랐다. 리딩은 그녀가 현재 다니는 대기업의 대표가 과거 생에서 그녀가 일했던 영국 가문의 귀족이라고 말했다.

토성의 영향을 받는 사람들의 장점은 맡은 일에 대한 강한 책임감과 뛰어난 리더십에 있다. 그러나 단점은 자존심이 지나치게 강해 주위 사람들에게 자신의 약점을 들키고 싶어 하지 않는다는 점이다. 이로 인해 해결할 수 없는 어떤 불안이나 두려움을 겪더라도 혼자 해결하려는 성향이 있어 마음의 병을 크게 얻을 수 있다.

자연을 구성하는 목木, 화火, 토土, 금金, 수水의 오행은 지구를 이루는 기본이자 근본이다. 인류는 이러한 자연의 조화와 운행 속에서 살아왔다. 존재의 시작과 끝이 그곳에서 비롯되었다. 앞의 이야기와 설명이 이 글을 읽는 사람들에게 작은 위로와 도움이 되면 좋겠다.

인류는 자연의 조화와 운행 속에서 살아왔으며,
존재의 시작과 끝이 그곳에서 비롯되었습니다.

I have seen it